Johanna Huda
Der Gast aus La Lumière
Lieutenant Leroux's erster Fall

Für meine Mutter Gertrud († 1978)

Johanna Huda

Der Gast aus La Lumière

Lieutenant Leroux's erster Fall

Bibliografische Information der Deutschen Nationalbibliothek
Die Deutsche Nationalbibliothek verzeichnet diese Publikation in der Deutschen Nationalbibliografie. Detaillierte bibliografische Daten sind im Internet über http://dnb.ddb.de abrufbar.

© 2016 Oldib Verlag
Waldeck 14, 45133 Essen
www.oldib-verlag.de, info@oldib-verlag.de
Coverfoto: Johanna Huda
Buchrückenfoto: Wolfgang Dirscherl, pixelio.de
Lektorat: Hanna Kröger-Bidlo
Herstellung: BoD, Norderstedt

ISBN 978-3-939556-56-5

Schweißgebadet wachte er auf. Seine Haare klebten an seinem Kopf und seine Hände krallten sich in die Bettdecke. Der Mann neben ihm starrte ihn eiskalt an, er bewegte sich nicht, nicht mehr. Es war alles nur ein Traum. Tief atmete er die kühle Morgenluft ein.

Samstag, im September

Fünfzehn Uhr; kobaltblauer Himmel, dunkelgrüne Pinien, ein scharfer Mistral wirbelte Staub auf, trieb Blätter vor sich her, zerrte alte Äste von den Bäumen. Frustriert schaute Béatrice Pelzer auf die Uhr. Dann wählte sie die Eins. „Schatz?", fragte ihr Mann Bernard. „Jerome Magerbeck hat immer noch nicht ausgecheckt. Kannst du nachschauen, was da los ist?", seufzte Béatrice. „Sekunde, Cherie. Ich bin am Hafen in Bouzigues und muss noch Austern kaufen. Ich kümmere mich um den Mann, wenn ich wieder da bin." Béatrice musste sich gedulden und in der Rezeption bleiben. Heute ging es auf La Lumière zu wie im Taubenschlag. Familien, Paare und Einzelpersonen reisten ab, kamen an. Neue Gäste wollten begrüßt werden, alte Bekannte gingen nicht, ohne sich persönlich von ihr zu verabschieden. Andere Gäste wollten ihr unbedingt noch einmal mitteilen, wie schön und einzigartig die Domäne sei, die sich so sanft zwischen ausgedehnte Weinberge und Olivenhaine in die Landschaft kuschelte. Stephanie, für die Reinigung der Gîtes zuständig, betrat mit einem Packen abgezogener Bettbezüge die Rezeption. „Was ist mit dem Gast aus L'Amelie? Hat er Anstalten gemacht, das Haus zu räumen?", fragte Béatrice. Stephanie zuckte mit den Achseln und stopfte die Wäsche in eine der vielen Wäschesäcke, die montags von einer Blanchisserie abgeholt wurden. „Mir ist nichts aufgefallen", sagte sie. „Ich habe ihn aber schon seit Tagen nicht gesehen. Die anderen Gîtes sind fertig", fügte sie hinzu und schaute Béatrice fragend an. „Kann ich dann gehen?" „Nein!", sagte Béatrice eine Spur lauter als sie eigentlich wollte. „Spätestens um fünf erwarte ich die Brackmanns. Die haben sich ausdrücklich für das L'Amelie entschieden. Sie brauchen Ruhe und die sollen sie auch haben." Beunruhigt horchte sie nach draußen, aber von dem alten Citroen ihres Mannes war nichts zu hören. „Mir auch egal", dachte sie. Laut sagte sie zu Stephanie: „Wir gehen jetzt gemeinsam zu der Wohnung und schauen nach. Sie können erst gehen, wenn das L'Amelie sauber ist." Energisch schloss Béatrice die Rezeption ab, hängte das Schild „Bin gleich wieder für Sie da" auf und winkte Stephanie mit sich. Die folgte ihr leicht frustriert über den hellen, breiten Kiesweg zum Tordurchgang und dann nach rechts durch den Waldgarten bis zu dem Gîte L'Amelie Der würzig-harzige Geruch der Pinien begleitete sie auf ihrem Gang durch die milde Septemberluft. Béatrice konnte all die Schönheit nicht genießen. Sie grollte Herrn Magerbeck. Er brachte sie in einen Zeitdruck, den sie nicht liebte. Was fiel ihm ein? Konnte er sich nicht, wie alle übrigen Gäste auch, an die Regeln halten? Sie hatten sich doch deutlich ausgedrückt. Am Abreisetag musste das Gîte spätestens um vierzehn Uhr besenrein verlassen werden. Im Notfall hätte er mit ihr reden können. Je näher sie dem Gîte kam, desto mehr geriet sie innerlich in Wallung. Überhaupt! Dieser Jerome Magerbeck hatte sich während seines Aufenthaltes kaum blicken lassen. Nicht ein einziges Mal war er an der Poolbar gewesen. Das Essen hatte er sich stets an seinen eigenen Terrassentisch bringen lassen. Gut, sie selbst hatte diesen Service für ruhebedürftige Gäste eingeführt, trotzdem ärgerte sie sich. „Wie war Monsieur Magerbeck eigentlich zu Ihnen?", fragte sie Stephanie unvermittelt. „Oh". Stephanie hüstelte verlegen. Sie sollte diskret sein, niemals tratschen, allen Gästen freundlich entgegen treten, und das tat sie in der Regel auch.

„Eigentlich hat er mich behandelt, als sei ich gar nicht anwesend, als ob ich Luft für ihn wäre. Einmal hätte er mich beinahe umgerannt. Gesprochen hat er jedenfalls überhaupt nicht mit mir." Stephanie schüttelte sich, als sie an den abschätzigen Blick dachte, mit dem Jerome Magerbeck sie doch einmal fast versehentlich gestreift hatte. Als sei sie ein Insekt, das sich in seine vier Wände verflogen hatte. Dabei hatte Stephanie keine Idee, worauf die Überheblichkeit dieses Mannes beruhte. Gut sah er in ihren Augen jedenfalls nicht aus. Viel zu knochig, dünne Beinchen wie ein Kranich und bleich wie ein Stück Kreide. Keiner, mit dem sie gerne ein Stündchen auf der Couch verbracht hätte. Einmal, als sie morgens das frische Baguette an die Tür seiner Wohnung gehängt hatte, erwischte sie einen Blick auf seinen faltigen Hals, als er zufällig am Fenster stand. Das Bild eines weihnachtlich dekorierten Truthahns stand ihr vor Augen.

Béatrice klopfte energisch an das hell beige gestrichene Außentor, während Stephanie vorsichtig durch eine Nische der Mauer auf den dahinter liegenden Swimmingpool schielte.„Monsieur Magerbeck, ich muss sie dringend sprechen", rief Béatrice mit fester Stimme. Nichts tat sich. Béatrice rollte mit den Augen. „Unglaublich", schnaubte sie und drehte sich nach Stephanie um. „Monsieur Magerbeck, sind sie da?" Keine Antwort. „Wir gehen jetzt da herein", beschloss Béatrice und nickte Stephanie zu. „Ein bisschen unheimlich finde ich das schon", gab sie zu. Vorsichtig öffnete sie das Tor und schaute sich um. Auf der terrakottagefliesten Terrasse stand ein Wäscheständer, auf dem zwei große, schneeweiße Badehandtücher trockneten. Im Swimming-Pool dümpelte eine blau-weiß-gestreifte Luftmatratze vor sich hin. Neben der Haustür lagen ein paar silberne Herren-Flip-Flops. Die Tür stand einen Spalt breit offen. Béatrice klopfte erneut. „Hallo!" – „Monsieur Magerbeck!" Drinnen herrschte Stille. Béatrice sah ordentlich aufgestapelte Mode-, Designer- und Wirtschafts-Magazine auf dem niedrigen Wohnzimmertisch aus Glas. Daneben stand eine Vase mit stark duftenden weißen Lilien. Die Füße der Blumen standen in wenig Wasser. In mehreren schwarz glänzenden Herrenslippern steckten altmodische Schuhspanner aus Holz. An dem Messing-Kleiderständer, den Bernard aus den Beständen eines bankrottgegangenen Cafés ergattert hatte, hingen zwei Blazer, allesamt schwarz. Die gesamte Küchenzeile schien unbenutzt, nur in der offen stehenden Spülmaschine stapelten sich etliche Teller und einige Weingläser. Aus dem Besteckkorb flohen mehrere Obstfliegen.„Komisch", flüsterte Béatrice und erschauderte. Ob sie wollte oder nicht, sie musste an den Mord vor über fünfzehn Jahren denken, der damals für ziemlich viel Wirbel gesorgt hatte. „Na, das fehlte mir noch zum Ende der Hauptsaison", dachte sie fast ein wenig ängstlich, obwohl sie das Leben ansonsten recht forsch anging. Sie fühlten sich wie zwei Einbrecher, als sie über die gewundene Steintreppe ins Obergeschoß gingen. Beide Schlafzimmer machten einen bewohnten Eindruck. Die Tagesdecken waren über die geräumigen Doppelbetten drapiert worden. Nicht ganz so penibel, wie Béatrice es gemacht hätte. Auf einem der beiden lagen, ordentlich gefaltet, zwei weiße Seidenpyjamas. Hastig öffnete Stephanie den hellen Wandschrank neben dem Fenster und zählte sechs maßgeschneiderte Anzüge, allesamt schwarz, durchgängig schmal geschnitten und ein aufgeklapptes Revers ließ silbernes Seidenfutter aufblitzen. Neben dem Bett lag auf einem Tischchen das neueste Modell einer bekannten Tablet-Marke. Béatrice's Magen kribbelte. „Hier sieht es ja nicht so aus, als habe sich Monsieur Magerbeck vor der Endabrechnung drücken wollen", sagte sie zu Stephanie. „Das glaube ich auch nicht, sonst hätte er mindestens sein iPad mitgenommen", überlegte diese. „Wo mein werter Mann wohl abgeblieben ist", fragte sie leicht gekünstelt, damit Stephanie ihre aufsteigende Panik nicht bemerkte. „Hier ist dein werter Mann", verkündete Bernard gut gelaunt hinter ihr. „Monsieur Magerbeck ist offensichtlich noch nicht wieder aufgetaucht", bemerkte er und Béatrice stöhnte „Nein! Er hat sich in Luft aufgelöst". „Das gibt's doch nicht." Bernard ließ sich von der leichten Besorgnis seiner Frau anstecken. „Wir müssen ihn suchen." Er zückte sein Mobiltelefon und rief Sebastian, Mariusz und Pierre, seine verlässlichsten Mitarbeiter an. „Einer sucht das Golf-Übungs-Gelände ab, die Umgebung davor bis hin zu den Weinstöcken; sucht auch hinter dem Restaurant, vergesst nicht vorne das Baugelände und den Olivenhain." Sebastian, seit vielen Jahren auf La Lumière als Mädchen für alles zuständig, sprang in seinen alten Renault 4 und gab Gas. Er ließ die alte Ton-Schindel liegen, die er zu einer Außenleuchte umfunktionieren wollte und jagte zum Pitch- und Putt, wo zurzeit kaum jemand seinen Golfschläger schwang. Dieses Gelände hatte Bernard vor kurzem anlegen lassen. Die Liebe seiner Gäste zum Tennissport hatte sich mehr und mehr in eine Hingabe zum Golfspielen gewandelt, und Bernard hatte darauf reagiert. Bernard Pelzer hatte vor über zwanzig Jahren die vernachlässigten Wirtschaftsgebäude entdeckt, die ehemals zu der Abbaye de Charlieu gehörten. Diese lagen zwischen Mèze und Montagnac und waren seinerzeit von Benediktinern erbaut worden waren. „Was willst du denn mit diesem Schrotthaufen", hatte Bea ihm entgeistert vorgehalten und im Geiste schon die roten Zahlen auf ihrem gemeinsamen Bankkonto addiert. Mahnbescheide flatterten vor ihren Augen und sie sah sich wochenlang von Baguette ernähren. Aber Bernard war Visionär. Vor seinem geistigen Auge verwandelte sich die Ruine in ein entzückendes Ensemble, in viele geschmackvolle Gîtes unterteilt. Ihm schwebte die Einrichtung mit einfachem, aber gepflegtem Mobiliar vor, gekrönt von ordentlichen Betten. Sein Rücken erinnerte sich schmerzhaft an die vielen durchgelegenen Matratzen in französischen Hotels. Mit denen wollte er nicht verglichen werden. An den Wänden sah er bereits seine gesammelten Kunstplakate hängen und vielleicht hätten ein paar Maler der Umgebung Lust, ihre Bilder für ein paar Wochen in den Gîtes auszustellen. Bei der Renovierung und dem Wiederaufbau ließ er die historische Bausubstanz bestehen, ließ ausbessern, befestigen, ergänzen. Dem vorhandenen Baum- und Strauchbestand fügte er Oliven-, Myrte- und Feigenbäume nebst zahlreichen Oleanderbüschen hinzu. Sein Konzept war aufgegangen. Jedes Jahr flogen Menschen aus allen Teilen Europas ein, fuhren tausende von Kilometern mit dem

Auto, um das Ambiente, das wunderbare Licht am Morgen und die himmlische Ruhe in der Nähe des Mittelmeers zu genießen. Lumiére hatte sich im Laufe der Jahre immer weiter ausgedehnt und es war gewachsen, nicht nur in der Breite sondern auch in die Höhe. Die Palmen am Swimming-Pool hatten ihre Größe verdoppelt, das Schilf rund um die Liegewiesen machte seiner Funktion als Sichtschutz alle Ehre, die roten, weißen und rosa Oleanderbüsche waren prachtvoll gediehen. Im Frühjahr verströmten zwei stattliche gelbe Mimosenbäume einen betörenden Duft, der die umherfliegenden Bienen vor Trunkenheit torkeln ließ und die Jasminhecken entlang der Boule-Bahn beglückten im Herbst Scharen von Insekten. Vor jedem der über dreißig Gîtes gab es kleine Gärtchen oder Blumenkübelarrangements, ein plätschernder Brunnen im Innenhof stellte sogar Feng-Shui-Anhänger zufrieden. Sebastian umrundete Haupthaus, den rasenumsäumten Swimmingpool nebst Restaurant, wirbelte den Staub zwischen Kinderspielplatz und dem Feld mit Quitten- und Olivenbäumen auf und stoppte bei dem stoppeligen Feld, auf dem ein paar Schilder mit Meterzahlen standen. Gelb leuchtende Punkte zeugten von der Schlagkraft der Golfer. Das Aufsammeln von gelben Übungsbällen gehörte augenscheinlich nicht zur ihren Lieblingsbeschäftigungen. Sebastian, beinahe 60 Jahre alt, schlank und drahtig, hatte sich alles selbst beigebracht, was ein guter Hausmeister können musste. Und er hatte Mariusz auf die Finger geschaut, der als gebürtiger Pole von sich behauptete, alle lebenswichtigen Tätigkeiten zu beherrschen. Maurern, Anstreichen, alte Autos reparieren, Fliesen legen, Sat-Schüsseln ausrichten, es gab fast nichts, was die beiden im Team nicht erledigten. Manches war dann eher experimentell und musste nachgebessert werden, aber das meiste gelang ihnen erstaunlich gut. Einmal hatten sie sogar einen alten Lastkraftwagen, der schon fünfzehn Jahre im Wald zu verrotten drohte, wieder flott gemacht. Sowohl Sebastian als auch Mariusz waren immer bereit, Neues auszuprobieren, aus ihren Fehlern zu lernen und sich nie auf ihren Lorbeeren auszuruhen. Sebastian lief zu dem winzigen Häuschen, das er manchmal mittags für seine Pause benutzte. Er hob den schön gemaserten Naturstein neben der Tür auf. Der Schlüssel war weg. Er steckte von innen in der Tür. Sebastian setzte sich auf die abgewetzte Couch, die er mit einer alten Decke verschönert hatte. Er hatte die Couch einmal am Straßenrand auf dem Weg von Montmèze nach Montagnac gesehen und sich gleich in seinen R4 geladen. Aufmerksam betrachtete er den Raum. Stand der 5-Liter-BIB (Bag-in-Box) mit dem Merlot an der gleichen Stelle? Er hob die Box hoch und konnte nicht feststellen, ob jemand an dem Wein genippt hatte. Ein winziger Rotweinrest in zwei Gläsern jedoch wies darauf hin, dass jemand hier gewesen sein müsste. Sebastian selbst nahm sich immer die Zeit, die Gläser zu spülen. Und jetzt schaute er noch einmal genau auf die Couchdecke. Als penibler Mensch legte Sebastian sie immer mit der rechten Seite nach oben. Diesmal wies die linke Seite nach oben. Sebastian ging wieder nach draußen. Er schaute sogar unter das Holzpodest, das vor dem kleinen Häuschen angebracht war, damit sich die Golfer die Schuhe nicht schmutzig zu machen brauchten. „Aber so schmal war selbst Herr Magerbeck nicht, als dass er unter diesem Podest liegen könnte", murmelte Sebastian laut vor sich hin. Er rieb sich mit Daumen und Zeigefinger das Kinn, um seine

Überlegungen, wo er Herrn Magerbeck suchen könnte, zu intensivieren. Vor dem Pitsch und Putt verlief ein breiter Feldweg, der hinter einer schilfbewachsenen Biegung nach links verschwand. Sebastian schlug diesen Weg ein, rannte um die Ecke, suchte mit den Augen den Weinberg ab, der vor ihm auftauchte. Nichts deutete darauf hin, dass jemand hier gewesen sein könnte. Allerdings hatte es vor zwei Tagen auch einen halben Tag geregnet, so dass das Entdecken von Fußspuren unwahrscheinlich war. Sebastian kehrte zu seinem Auto zurück, und fuhr zur Rezeption.

Béatrice wurde langsam nervös. „Bernard, wir müssen uns etwas überlegen. Die Brackmanns wollten unbedingt in das L'Amelie und ich glaube, dass die bald hier aufkreuzen. Wir könnten die Sachen von Herrn Magerbeck ausräumen und in eines der Chambres d'Hotes bringen lassen. Dann könnte die Putzkolonne endlich loslegen. Falls sie zu früh auftauchen, musst du halt mit ihnen in die Bar gehen und ihnen einen Willkommensgruß offerieren." „Aber Béatrice, wo denkst du hin! Wir wollen zwar nicht das Schlimmste annehmen, aber damit würden wir im Zweifel Spuren verwischen. Lass uns den Brackmanns das Gîtes ‚Schneider' geben." Béatrice sah die beiden vor sich. Schlank, ziemlich groß, beide Mitte fünfzig. Besonders Elisabeth Brackmann legte viel Wert auf Ruhe im Urlaub, durch Kinderlärm fühlte sie sich empfindlich gestört. Béatrice konnte es in gewisser Weise nachvollziehen. Das ganze Jahr über musste Elisabeth Tag für Tag das Geschrei von fast zweitausend Schülern ertragen. In den Pausen wagte sie sich nur mit Ohrstöpseln auf den Schulhof. Wenn sie dann nach über tausend gefahrenen Kilometern auf La Lumière eintraf, sehnte sich Elisabeth Brackmann nach Ruhe und frischer Luft. Ein Gîtes, möglichst abseits gelegen war für sie ein Muss. „Das ‚Schneider' ist ideal", meinte Béatrice. „Aber es hat keinen eigenen Pool." „Sobald wir die Sache mit L'Amelie geklärt haben, können sie umziehen. Wir werden es ihnen schonend beibringen. Außerdem ist die Terrasse windgeschützt und kaum einsehbar. Zwei Schlafzimmer gibt es auch, so dass sie sich nachts nicht in die Quere kommen." Bernard lachte schelmisch bei dem Gedanken an das Geständnis von Elisabeth Brackmann, dass ihr Mann nachts dermaßen laut schnarche, dass sie regelmäßig die Flucht ergreifen musste. „Ich schaue schnell im Computer nach, ob das ‚Schneider' frei ist." Béatrice hoffte, dass sich die Brackmanns auf diesen Deal einlassen würden. „Wir müssen doch wohl nicht die Polizei benachrichtigen", kam es ihr in den Sinn. Bernard, der neben ihr stand und über ihre Schulter auf den Bildschirm schaute, schüttelte energisch den Kopf. „Lass uns das erst einmal alleine regeln. Noch ist ja überhaupt nicht klar, was mit dem Magerbeck los ist. Vielleicht hat er einen überraschenden Ausflug nach Monaco unternommen und hockt im Spielcasino. Oder er hat die Frau seines Lebens getroffen, schwelgt im Glück und ist mit ihr versackt!" „Wieso mit *Ihr*", fragte Béatrice belustigt. „Ich glaube, der fand schöne *Ihms* attraktiver." „Ach ja? Woher weißt du das? Ich habe ihn gerade mal fünf Minuten gesehen, als er angekommen ist. Aber mich hat er nicht besonders beachtet." „Du passt ja auch nicht in sein Beuteschema", spottete Béatrice. „Viel zu dick, viel zu alt." Und sie kicherte wie ein junges Mädchen. „Unverschämtheit", empörte sich Bernard. „Ich bin schlank wie eine Tanne und knapp über fünfzig."

„Schlank ja, mager aber nicht. Und der Wind hat mir erzählt, dass der Herr gerne mit Jungen unter Dreißig flirtet. Da bräuchtest du schon eine gute Fee, die ein Einsehen mit dir hat. Falls du überhaupt Wert darauf legen würdest, dass dich ein Herr Magerbeck anflirtet." Die Vorstellung, ihr Bernard könnte sich nach zwanzig Jahren Ehe plötzlich für andere Männer interessieren, führte bei ihr zu einem unerwarteten Heiterkeitsausbruch. „Lach' nicht!", ermahnte Bernard sie. „Erinnerst du dich nicht mehr an Herrn K.? Der hat seiner Frau doch am ersten Mai letzten Jahres eröffnet, dass er ein Verhältnis mit einem Tenniskollegen hat. Und das schon seit Monaten. Ich glaube, der ist vor kurzem ausgezogen und wohnt nun bei seinem Geliebten." „Ja, das kann passieren", prustete Béatrice los. Stephanie, die endlos geduldig darauf gewartet hatte, endlich mit Béatrice zu reden, räusperte sich. „Wie sieht es mit meinem Feierabend aus? Ich würde wirklich gerne in absehbarer Zeit nach Hause fahren. Ich bekomme heute Abend Besuch." „Einen Augenblick", vertröstete Béatrice sie. „Ich muss nur noch schnell einen Blick auf den Belegungsplan werfen, wenn das mit dem ‚Schneider' klappt, kannst du gehen. Wahrscheinlich!" Nur noch schnell? Nur ‚mal eben? Ganz kurz? In solchen Momenten klappt garantiert nichts. Der automatische Bildschirmschoner des Computers hatte sich eingeschaltet, ein herrliches Bild von Mèze in der Abenddämmerung, der Himmel rosa, der Étang de Thau ebenfalls rosa, rechts und links je eine Palme, eine Bank in der Mitte. Wer auf dieses Bild schaute, könnte selbst zum Bildschirmschoner werden und einfach eine Weile nichts anderes tun als vor sich hin zu träumen. Bei Béatrice kündigte sich allerdings ein Gewitter an. Normalerweise musste sie nur einmal kurz die Maus bewegen und ihr Passwort eingeben. Heute nicht! Heute stand dort „Anwender gesperrt". „Was soll denn das schon wieder?", schnaubte Béatrice und versuchte es noch ein paarmal. Ohne Erfolg. „Dann eben die brutale Methode", ärgerte sie sich und drückte auf den Off-Schalter. Dann noch einmal auf On. Der Rechner rödelte, knisperte vor sich hin, der Bildschirm meldete sich, wurde wieder schwarz, dann erschien wieder Mèze am Abend mit der Bemerkung: Anwender gesperrt. Béatrice starrte gedankenverloren auf das kleine Holzkästchen an der Wand. „Werkzeug für den Notfall" stand schwarz auf der Glasscheibe geschrieben, dahinter hing ein kleiner Hammer. „Kann ich helfen?" Sebastian hatte von ihr unbemerkt die Rezeption betreten und befreite sie von ihrer Zerstörungsphantasie. Stephanie, die von Computern gerade einmal wusste, dass sie an- und ausgeschaltet werden konnten, rollte mit den Augen. Sie wollte endlich nach Hause. „Hast du schon den Affengriff ausprobiert?", fragte Sebastian. Béatrice blickte ihn stirnrunzelnd an. „Steuerung, Alt und Entfernen gleichzeitig. Darf ich?" Er zeigte ihr die Kombination, ein Fenster mit dem Task-Manager öffnete sich und Sebastian schloss alle offenen Anwendungen. „Voila", sagte Sebastian. „Wenn ich dich nicht hätte", seufzte Béatrice. Insgeheim ärgerte sie sich darüber, dass ihr das nicht selbst eingefallen war. Das Schneider war frei. „Stephanie, du kannst dann jetzt Feierabend machen. A demain. Hoffen wir, dass sich das Chaos bis morgen geklärt hat." „Ja, das wünsche ich Ihnen sehr. Einen schönen Abend noch!" Aber den hatte Béatrice nicht.

Sonntag

Seit Tagen plagte sich Lisette mit Selbstzweifeln und wollte morgens nicht aus dem Bett. Nachts lag sie wach, grübelte und pflegte Rachegedanken. Hätte ihre Freundin Michelle sie nicht immer wieder angetrieben, sie wäre wahrscheinlich nie mehr aufgestanden. Michelle brachte ihr herrlich duftenden Kaffee ans Bett, ließ Phil Collins aus dem MP3-Player schmachten und servierte ein Croissant mit Himbeermarmelade. Sie saß mit übereinander geschlagenen Beinen in dem gemütlichen weißen Sessel neben ihrem Bett. „Du hast schon wieder zweihundertfünfzig neue Likes auf Facebook", erklärte sie. „Ach, die wissen doch gar nicht, wie einfallslos ich in letzter Zeit bin", jammerte Lisette. Sie schlurfte von dem Kaffee und biss in das Croissant. „Gestern war das knuspriger", maulte sie. „Na, ja. du hast ja Recht. Andererseits hängen sie hier einfach an der Tür und keiner muss extra dafür zum Bäcker fahren. Und Lisette, bleibe geduldig. Du weißt doch, dass es bei dem Schreiben von Songs immer wieder Phasen gibt, in denen deine Ideen nur so sprudeln. Im Augenblick solltest du vielleicht nur den Urlaub genießen. Mach' dich auf die Socken, wir fahren an den Strand." „Ich mag nicht! Magerbeck hat mir den Rest gegeben. Ich möchte mich am Strand gar nicht mehr blicken lassen." „Ach, vergiss doch den Magerbeck. Der hat ohnehin keine Ahnung von richtigen Frauen. Bestimmt steht der nur auf ausgemergelte Knaben und deswegen müssen alle seine Models genauso aussehen. Überhaupt, der sollte sich darauf beschränken, für Männer Mode zu entwerfen. Ich ziehe von dem kein Stück an, selbst, wenn ich es geschenkt bekäme." Erbost biss Michelle in ihr

Buttercroissant. Sie selbst hatte keinen Grund, sich über Magerbeck aufzuregen. Sie gehörte zu dem beneidenswerten Teil der Menschheit, die essen konnten, soviel sie wollten, ohne zuzunehmen. Das lag auch an den Genen, denn in ihrer Familie war überhaupt keiner dick. „Ich kann den Magerschneck aber nicht vergessen und ich will auch nicht", regte sich Lisette auf und sprang missgelaunt aus dem Bett. Der Zorn auf diesen Herrn hatte ihre Lebensgeister geweckt. Ich dusche mich jetzt", sagte sie, noch immer in Wallung. „Danach können wir meinetwegen zum Strand fahren." Im Bad warf sie die Tür hinter sich zu. Unter dem heißen Strahl der Dusche versuchte sie zu vergessen, was Jerome Magerbeck während eines Gala-Dinners an der Côte de Azur lauthals zu seinem Tischnachbarn gesagt hatte. Ein anwesender Journalist hatte sich sofort auf diese Äußerung gestürzt und die Presse hatte sie genüsslich verbreitet. Magerbeck bezeichnet Lisette als fette Schnecke" prangte am nächsten Morgen in großen Lettern auf der Titelseite einer Pariser Boulevard-Zeitung, die immerhin eine Auflage von mehr als fünfhunderttausend Exemplaren täglich hatte. Ihre Agentin und beste Freundin Michelle hatte daraufhin sofort einen Anwalt eingeschaltet, Magerbeck entschuldigte sich postwendend, versprach, ihr ein Dutzend Handtaschen zu schicken. Die trafen jedoch noch nie ein und der Stachel saß tief. Mehrere Sitzungen bei einem Therapeuten förderten das verblasste Bild ihrer Mutter wieder zu Tage. Dieser Blick, diese Abscheu! Ihre Mutter hatte sie angesehen als sei sie ein lästiges Insekt. Sie genügte den Ansprüchen der ehrgeizigen Frau nicht. Der Babyspeck blieb länger als er sollte, die Haare waren zu dünn, zu unscheinbar, im Ganzen war sie mausgrau und nicht das

Vorzeigepüppchen, das ihre Mutter gerne gehabt hätte. Sie spürte, dass ihre Mutter, die berühmte Schauspielerin, auf allen roten Teppichen der Welt zu Hause, sich für sie schämte. Sie versteckte ihre Tochter und parkte sie bei der Nachbarin, wenn sie wieder einmal eine Filmpremiere oder einen Opernball besuchte. Je mehr ihre Mutter sie überging, desto mehr kämpfte sie um deren Aufmerksamkeit. Das nervte die Mutter. Lisette war ihr lästig, und schließlich entschied sie, dass ein Internat das Beste für ihre Tochter sei. Lisette war am Boden zerstört. Tagelang weinte sie nachts in ihr Kissen. Sie schrieb verzweifelte Briefe an ihre Mutter. Im Kunstunterricht gab sie nur schwarz umrandete Blätter ab. Ihren Mitschülerinnen gegenüber verhielt sie sich abweisend, sprach kaum ein Wort mit ihnen, und auch die meisten Lehrerinnen hatten keine Chance, sie aus der Reserve zu locken. Es war Michelle Miller, die sie vor der Einweisung in eine Nervenklinik bewahrte. Michelle Miller leitete den Chor des Internats. Sie war jung und gerade erst in den Schuldienst eingetreten. Sie besaß noch den notwendigen Elan, um auch verkümmerte Seelen aufzuspüren. Sie lockte Lisette in den Schulchor. Die ersten Töne, die Lisette von sich gab, erfüllten Michelle Miller mit der Gewissheit, ein Talent vor sich zu haben, das es zu fördern galt. Sie gab ihr fortan täglich eine halbe Stunde Gesangsunterricht, brachte ihr richtiges Atmen bei und ermunterte sie, in den Wald zu gehen, um dort aus Herzenslust zu schreien. Ohne ihr Wissen meldete sie Lisette bei einem überregionalen Gesangswettbewerb an. Lisette machte mit, um ihre Gesangslehrerin nicht zu enttäuschen. Sie kam auf Anhieb auf Platz eins, erhielt für das folgende Jahr ein Stipendium für eine berühmte Musikschule in England und bekam bald darauf einen Plattenvertrag. Ihrer Mutter schickte sie eine Videoaufnahme des Auftritts. Täglich fieberte sie dem Unterrichtsende entgegen, eilte in ihr spartanisch eingerichtetes Zimmer in der Hoffnung auf einen Brief oder eine Karte ihrer Mutter. Nach vier Wochen vergeblichen Wartens gab sie auf. Als die Mutter dann doch anrief, platzte es stolz aus ihr heraus. „Mama. Ich habe den Harriet Hale Woolley Scholarship gewonnen." „Kein Wunder, bei deinen Genen", war das Einzige, was diese erwiderte, um danach sofort zu fragen, ob Lisette schon ihren neuesten Film angeschaut habe. Verstört hatte Lisette das Telefongespräch beendet und nie wieder Kontakt zu ihrer Mutter aufgenommen. Mittlerweile war Lisette Dank des umsichtigen Managements von Michelle Miller, die ihren Job als Lehrerin aufgegeben hatte, zu einem international gefeierten Jazz-Star aufgestiegen. Sie wurde oft mit der berühmten Ella Fitzgerald verglichen, hatte mehrere CD aufgenommen und schon einen Grammy gewonnen. Das hieß allerdings nicht, dass sie gegen solche Gemeinheiten wie die von Magerbeck gefeit war. An guten Tagen lachte sie darüber und sagte, wenn Menschen mit eingeschränktem Verstand sie auf ihr Äußeres reduzieren würden, seien sie arm dran. Aber manchmal passierte es auch, dass sie sich zutiefst verletzt fühlte und an ihren Fähigkeiten zweifelte. Den Menschen, die sie so tief verletzt hatten, verzieh sie nicht. Sie bekamen nur sehr selten die Chance, ihr Wohlwollen zurückzugewinnen. Für Lisette war das Unvorstellbare eingetreten. Zufällig hatte sie mitbekommen, dass Magerbeck ebenfalls hier Urlaub machte. Sie hopste gerade jauchzend auf dem Trampolin des Kinderspielplatzes herum, als sie die schwarze Limousine kommen sah. Neugierig beobachtete

Lisette, wie sich das auffällige Fahrzeug mit verdunkelten Scheiben dem Gîte an der Ecke näherte. Das Automobil kam zum Stehen, der Fahrer stieg aus und hielt einer Person die Tür auf. Sie hätte sich fast auf die Zunge gebissen, als sie ihn erkannte. Er war es. Die silbergrauen Haare, die Sonnenbrille, die überschlanke Figur. Er verschwand gleich hinter dem riesigen Kirschlorbeerstrauch, hinter dem sich ein Törchen versteckte. Für Lisette war es wie ein elektrischer Schlag. Sie sprang sofort von dem Trampolin und rannte zu ihrem Gîtes, um Michelle von diesem Ereignis zu berichten.

Béatrice hatte kaum geschlafen. Bis zum Abend war Magerbeck nicht aufgekreuzt. Weder Sebastian noch Bernard noch sie selbst hatten irgendeinen Anhaltspunkt, der Aufschluss über den Verbleib des Herrn gegeben hätte. Am Ende waren sie in dem kleinen Restaurant am Swimming-Pool gelandet, wo sie gemeinsam eine Flasche Rotwein getrunken hatten, jeder eine wohlgemerkt. Guillaume, der Koch, zauberte ihnen neben einem Gruß aus der Küche noch einen köstlichen Überraschungsteller, so dass wenigstens ihre Mägen keinen Grund zum Knurren hatten. Auch am späteren Abend hatte sich keiner von ihnen daran erinnern können, Magerbeck in den letzten Tagen gesehen zu haben. Zum Glück hatten die Brackmanns kein Theater gemacht und waren klaglos in das ‚Schneider‘ gezogen. Aber um fünf Uhr in der Frühe hielt es Béatrice nicht mehr in ihrem Bett aus. Seit gut einer Stunde wälzte sie sich von einer Seite auf die andere, der Vollmond forderte sie auf, gemeinsam mit ihm die schlafende Welt zu betrachten. Und Jerome Magerbeck geisterte in ihrem Kopf herum. Das war zu viel für sie. In Gedanken malte sie sich aus, wie irgendjemand ihm vielleicht doch an den Kragen gegangen war. Er musste irgendwo sein. Wer hatte ihm eigentlich das Essen serviert? Hatte Pauline es getan oder Guilliaume selbst? Letzterer würde um kurz nach neun Uhr kommen, um das Menü für den Abend vorzubereiten. Dann erst könnte sie ihn befragen. Béatrice schaltete die Espresso-Maschine in der Küche an, bevor sie ins Bad ging, um sich unter die heiße Dusche zu stellen. Sie freute sich schon auf den Cappuccino, den sie gleich genießen dürfte. Nachdem sie einmal bei Freunden herausgefunden hatte, welche geschmacklichen Unterschiede es bei Espressobohnen gab, kaufte sie nur noch eine ganz bestimmte Sorte. Vor ein paar Monaten hatte sie eine Barista-Schulung in Freiburg besucht und wusste jetzt, wie sie am besten köstlichen Milchschaum zubereiten konnte. Seitdem nahmen ihre Freunde gerne das Angebot an, bei ihr einen Cappuccino zu trinken. Mariella wartete schon ungeduldig vor der Tür und bellte sie an, als sie endlich mit nassen Haaren aus dem dampfenden Bad kam.

Jerome Magerbeck hatte sich nicht Zeit seines Lebens wie ein Ekel benommen. Davon abgesehen, fanden ihn einige genial, andere lobten seinen Humor, weitere waren hingerissen von seinem Blick auf die Welt. Eine angesehene italienische Mode-Designerin lobte seine soziale Ader zu Beginn seiner Laufbahn. Er war vor allem einer, der seit Jahren den Ton in der Modewelt angab. Er wurde geliebt, seine Produkte gefeiert, aber es gab auch Menschen, die ihn regelrecht hassten. Allen voran einige Frauenrechtlerinnen, die ihm vorwarfen, dass er immer jüngere, immer knabenhaftere Models auf den Laufsteg schicke. Er treibe junge Mädchen in den Magerwahn und sorge dafür, dass die Konfektionsgrößen heimlich schrumpften. Wer früher bequem in Hosen Größe 40 schlupfen konnte, stellte heute mit Entsetzen fest, dass sie nur noch mit der Größe vierundvierzig zurechtkam. Im Oktober 1957 in einem bitterarmen Dorf im Limousin geboren, lebte er bis zu seinem 16. Lebensjahr mit seiner Mutter in bescheidenen Verhältnissen. An seinen Vater konnte er sich kaum erinnern, denn der war irgendwann sang- und klanglos verschwunden. Das einzige, an das er sich erinnern konnte, war seine Mutter, wie sie tagelang am Küchentisch saß. Damals starrte sie wie versteinert aus dem Fenster und war überhaupt nicht ansprechbar. Nur der beherzten Nachbarin Danielle war es gelungen, sie wachzurütteln. „Marie! Vergiss diesen Kerl. Der hat noch nie zu etwas getaugt, außer zum Saufen und Herumhuren. Sei froh, dass du ihn los bist. Aber jetzt kümmere dich um Jerome, er braucht etwas zu essen." Sie rüttelte Marie so lange an den Schultern, bis diese sich aus ihrer Erstarrung löste. In den Jahren danach wurde sein Vater nie wieder erwähnt. Nach und nach verschwanden die wenigen Fotografien von der dunkel gebeizten Anrichte im Wohnzimmer, auf denen er zusammen mit ihm oder seiner Mutter zu sehen gewesen war. Die Hänseleien der übrigen Dorfbuben, dass sein Vater weggerannt sei, ignorierte Jerome. Seine Mutter richtete ihre ganze Liebe fortan ausschließlich auf ihren Jungen. Jeden Tag machte sie ihm klar, dass er etwas ganz besonderes sei. Er solle mehr aus seinem Leben machen, etwas lernen und ein besserer Mensch werden. Wie sie das in der Realität schaffen sollten, blieb nebulös. Marie konnte von den kärglichen Einnahmen als Schneiderin kaum leben und musste noch zwei Putzstellen in der nächst größeren Stadt annehmen. Geld, um genügend Holz für den Winter zu kaufen, hatte sie nicht. Das Haus war schlecht isoliert, aus den Fensterrahmen bröckelte der Kitt, überall zog es. Jerome erinnerte sich manchmal daran, dass seine Mutter ab Mitte November alle zugigen Fenster mit aufgetrennten Kartoffelsäcken verhängt hatte, so dass es bis Anfang März im Haus ziemlich düster war. Nachts hatte er oft mit all seinen Kleidern im Bett gelegen, trotzdem konnte er zeitweilig nicht einschlafen. Wurden dann auch noch seine Füße kalt, musste er alsbald all seine Willenskraft aufbieten, um nicht ins Bett zu pinkeln. Ein wahrer Teufelskreis, denn dadurch konnte er erst recht nicht einschlafen. Tagsüber verströmte seine Kleidung einen leichten Modergeruch und lieferte seinen Mitschülern einen weiteren Anlass, um über ihn herzuziehen. Als er nach der l'ecole élémentaire jeden Morgen im Schulbus nach Châteauneuf-la-Forêt mußte, um dort das Collège zu besuchen, wollte keiner neben ihm sitzen, und den langen Heimweg von der Haltestelle, an den fünf Häusern vorbei und den Hügel hinauf, ging er in der Regel allein. Nur manchmal, wenn der Bus schon weiter gefahren war und die anderen Jungen ihn nicht mehr sehen konnten, lief Pedro neben ihm her. Er begleitete ihn wortlos bis zu dem kastanienbestandenen Schotterweg, der zu ihrem Haus führte. Pedro, ein bildhübscher Junge, dessen Eltern vor dem Franco-Regime aus Spanien geflohen waren, konnte nicht mit dem Mund sprechen, dafür aber mit seinen dunklen, braunen Augen. Er bewunderte Jerome, seinen Stolz, seine Souveränität, sein Wissen. Ganz selten versuchte er, seine Hand in die von Jerome zu mogeln. Schon damals hatte Jerome keine Augen für Mädchen, die ihm allesamt suspekt waren. Ständig kicherten sie wie aufgescheuchte Hühner, guckten sich bedeutungsvoll an, tuschelten miteinander und schauten ihn danach wissend an. Dass eine von ihnen dabei nur lustlos am Rande stand, ihm heimlich und verstohlen kurze Blicke zuwarf, entging ihm völlig.

Mit sechzehn hatte Jerome endgültig genug von der Enge und der Engherzigkeit der Dorfbewohner. Er schrieb seiner Mutter einen langen Brief, bevor er sich per Anhalter nach Limoges durchschlug und von dort aus Richtung Paris verschwand. Das Geld für die Fahrkarte hatte er von einem älteren Mann bekommen. Der hatte ihn auf der D979 von Masléon nach Feytiat aufgelesen und ihm bei einem unfreiwilligen Zwischenstopp in einem nahe gelegenen Wäldchen die Unschuld geraubt. Was er in Paris angestellt und wie er an die Spitze der Modebranche geraten war, darüber gab es wilde Spekulationen.

Man munkelte, dass er von einem reichen Mäzen gefördert worden war, der ihm eine Ausbildung als Modezeichner ermöglicht hatte. In der Öffentlichkeit schwieg sich Magerbeck konsequent über seine Herkunft aus. Das Wenige, das vor ein paar Jahren publik geworden war, stammte von einem geschwätzigen, früheren Mitschüler, den ein hartnäckiger Reporter aufgespürt und mit einer mäßigen Belohnung geködert hatte.

Béatrice, die im letzten Jahr ihren fünfzigsten Geburtstag gefeiert hatte, umrundete in Windeseile die ganze Domäne La Lumière. Mariella, der schwarze Labrador, fand kaum Zeit, um alle Spuren nachzuschnüffeln. Ihr Frauchen ging so schnell, dass sie sich beeilen musste, um nicht zu weit zurück zu bleiben. Magerbeck saß Beatrice im Genick. Überall sah sie ihn im Gebüsch liegen oder hinter einem Steinhaufen oder in einer verlassenen Hütte. Sie mussten ihn jetzt mal langsam finden, so oder so. Béatrice erschrak bei dem Gedanken. Lieber nicht so! Eigentlich war sie schon seit langem nicht mehr religiös, aber mitten in dem hügeligen Wäldchen, das im Sommer das Paradies aller größeren Kinder war, blieb sie abrupt stehen, hob die Augen zum Himmel und betete: „Lieber Gott, bitte nicht! Bitte nicht so ein Theater." Die Erwartung, dass sich einige Gäste nach einer Befragung durch die Polizei negativ auf Reiseforen äußern könnten, schlug ihr aufs Gemüt. Schon, dass ein kritteliger Gast einmal im Flip-Advisor lauwarme Duschen bemängelt hatte, brachte sie noch nach Monaten auf die Palme. Béatrice rannte, aber nur beinahe. Der stärker werdende Schmerz im linken Knie erinnerte sie daran, dass sie keine zwanzig mehr war. Blödsinniger Spruch, dachte sie. Natürlich bin ich keine zwanzig mehr. Als ob sie darauf gewartet hätten, bevölkerten weitere Platituden ihre Gedanken. Wir werden alle mal älter. Bla-bla-bla. Wir werden alle nicht jünger. Nur weiter so, dachte Béatrice verbissen und stürmte in die Rezeption. Mariella machte sich nach dem gemeinsamen Rundlauf selbständig und versuchte, das Ehepaar Krämer aus dem Bett zu bellen. Als das nicht gelang, streunte sie weiter und machte sich auf in Richtung Les Combes, der Nachbardomäne weiter Richtung Montagnac, wo ein freiheitsliebender Schäferhund auf sie wartete. Gemeinsam würden sie alle stinkenden Tümpel und schlammigen Gräben der Umgebung untersuchen, bis sie müde genug waren, um sich zufrieden auf dem heimischen Teppich nieder zu lassen. „Guten Morgen", flötete Béatrice und begrüßte Mayla, die in der Zwischenzeit schon eingetroffen war. Es war noch eine weitere Person in dem hellen Raum. Ein großer, junger Mann in der Uniform eines Taxifahrers betrachtete gerade die hauseigene Bibliothek, die von Woche zu Woche umfangreicher wurde. Auf einem frisch aufgetürmten Stapel lagen Werke von Dürrenmatt, Rosamunde Pilcher und Tolkien friedlich unter- und übereinander. Bei ihrer Abreise ließen die meisten Gäste ihre Urlaubslektüre zurück. Mit Vergnügen dachte Beatrice an den Aufenthalt in einem sehr teuren Hotel auf Sylt. Im letzten Jahr hatte ihr der Hotelmanager erzählt, dass sich der Bücherbestand täglich schmälerte. Offensichtlich gingen die Gäste davon aus, dass das Mitgehenlassen von Büchern in dem Übernachtungspreis von 180 Euro inbegriffen sei. „Was kann ich für Sie tun?“, fragte Béatrice den Besucher. Der drehte sich um und Béatrice blickte in zwei tiefblaue, glitzernde Augen, die ihr für eine Sekunde den Verstand zu raubten. „Hoppla“, dachte sie, „was ist denn das?“ „Ich suche Monsieur Magerbeck. Er wollte mich ursprünglich schon gestern kontaktieren, aber er hat sich nicht gemeldet. Ich sollte ihn nach Montpellier zum Flughafen fahren. Oh Pardon, ich habe mich nicht vorgestellt. Mein Name ist Victor Laurent. Ich arbeite für Taxi-Meunier. Eigentlich habe ich heute meinen freien Tag und da dachte ich, ich höre einmal nach, warum Monsieur Magerbeck nicht angerufen hat.“ ‚Na, der Herr Magerbeck scheint ja ein großzügiges Trinkgeld gegeben zu haben‘, dachte Béatrice und laut sagte sie: „Es tut mir sehr leid, aber Monsieur Magerbeck scheint sich für ein anderes Unternehmen entschieden zu haben. Jedenfalls ist er nicht mehr hier.“ „Oh, wie schade. Entschuldigen Sie, dass ich Ihre Zeit in Anspruch genommen habe.“ Victor Laurent tippte an seine Mütze und wandte sich zum Gehen. Béatrice bereute gleich, so schnippisch gewesen zu sein und hielt ihn zurück. „Nein, warten Sie. Die Wahrheit ist, wir finden Monsieur Magerbeck nicht. Er scheint sich in Luft aufgelöst zu haben. Sein ganzes Gepäck steht noch in der Wohnung und wir suchen ihn." „Oh, wie furchtbar", rief Victor erschrocken aus. „Aber ihm wird doch nichts passiert sein?" „Wir wissen es nicht", sagte Béatrice und überlegte sich, ob sie den hübschen Mann zu einem Kaffee einladen sollte. Schließlich war er extra in seiner freien Zeit hierhergekommen, um sich nach dem bedauernswerten Monsieur Magerbeck zu erkundigen. Aber dann ließ sie es doch bleiben. „Wenn er wieder hier ist und ein Taxi braucht, ich fahre ihn sehr gerne. Er ist ein so zuvorkommender Mensch", schwärmte Victor sichtlich, und da wusste Béatrice, dass sie sich nicht die geringsten Hoffnungen auf einen abwechslungsreichen Flirt zu machen brauchte. „Lassen Sie uns doch ihr Kärtchen da, für alle Fälle", wollte sie ihn gerade verabschieden als Bernard sie unterbrach. Er hatte draußen mit Sebastian besprochen, was zu tun sei und einen Teil des Gespräches mitbekommen. „Monsieur....?" „Laurent!" „Monsieur Laurent, sie sagten eben, dass Magerbeck Sie bereits gestern kontaktieren wollte?" „Das ist korrekt", wiederholte Victor. „Oh, ich glaube, das könnte wichtig für uns sein. Denn dann hatte Monsieur Magerbeck auch vor, gestern abzureisen." „Das denke ich auch", sagte Victor schüchtern. „Das riecht nach Schwierigkeiten", konstatierte Bernard und rieb sich nachdenklich das Kinn. „Okay, wir haben Ihre Visitenkarte. Vielleicht müssen wir Sie als Zeugen angeben." Victor Laurent verabschiedete sich und schritt nachdenklich über den Kiesweg zu seinem Taxi, das er vor dem antiken Eingangstor geparkt hatte.

„Komm' Béatrice! Wir müssen alle zusammentrommeln!", forderte Bernard. „Bin schon dabei." Béatrice schrieb eine Kurznachricht an alle Mitarbeiter und bat darum, sofort zum Belegschaftszimmer zu kommen. „Oh, ich habe ganz vergessen, Dir zu sagen, dass Mariusz heute Nacht für zwei Wochen nach Hause gefahren ist", entschuldigte sich Bernard, als er mitbekam, dass Béatrice ungeduldig auf die Antworten des Personals wartete. „Komm', wir gehen schon einmal". Bernard steuerte auf den großzügig angelegten Raum, den er vor kurzem über der Garage gebaut hatte. Bei Gelegenheit konnten sie hier in Ruhe mit ihren Angestellten über neue Konzepte oder aufgetretene Probleme reden. Dort waren sie ungestört, weder Gäste noch Lieferanten hatten Zutritt. Die Mitarbeiter rückten im Gänsemarsch an, vorbei an Bernards „Spielzeugen". Neben einem silbernen Porsche aus den Neunzigern fristete ein alter fünfer BMW sein Dasein.

Mit dem FIAT-Sprinter holte Bernard in der Cave Cooperative von Florensac den Wein für das Restaurant. „Aus L'Amelie ist der Gast verschwunden, Monsieur Magerbeck Er ist gestern nicht abgereist. Hat irgendjemand von Euch eine Idee, wo er stecken könnte? Hat ihn einer wegfahren sehen? Weiß überhaupt einer, wo er sich tagsüber aufgehalten hat?" Béatrice sah alle nacheinander an. Mayla, für die Rezeption und das Wohlergehen der Gäste zuständig, sagte: „Ich habe ihn kaum gesehen, in den letzten Tagen überhaupt nicht." Zustimmendes Gemurmel. Guillaume, der Koch, konnte beisteuern, dass er dem Gast von L'Amelie jeden zweiten Tag frische Austern zubereitet hatte. „Er war ganz jeck nach den Dingern." Sagte Guillaume mit einem Augenzwinkern. Austern galten nicht nur als Aphrodisiakum, sondern auch als besonders wertvolle Zinklieferanten. „Ich habe meinen Hausarzt vor einiger Zeit einmal im Scherz gefragt, ob er mir nicht ein Rezept für Meeresfrüchte verschreiben könne", warf Guillaume ein. „Und? Hat er?", wollte Sebastian wissen. „Natürlich nicht, schade eigentlich", fügte Guillaume hinzu. „In den letzten drei Tagen hat er keine mehr verlangt", wunderte er sich.

Pierre, der Gärtner, sagte, er wisse nicht einmal, wie der verschwundene Magerbeck aussehe. Er zwinkerte ein wenig mit den Augen, wie er das zuweilen tat, wenn er den Mund aufmachte. Meistens sprach er eher mit den Jasmin- oder Rosmarinbüschen als mit anderen Menschen. Stephanie, für den Wäscheservice und die Reinigung der Gîtes zuständig, konnte sich ebenfalls nicht an Monsieur Magerbeck erinnern. Sie war noch sehr jung und konnte ältere Herren kaum voneinander unterscheiden. Sie litt auch nicht an einem Vaterkomplex, deswegen gehörten Männer über fünfunddreißig nicht zu ihrem Beuteschema. „Pauline, kannst du uns wenigstens etwas berichten?" Béatrice schaute sie aufmunternd an. Pauline, die seit Anfang der Saison das Restaurant und die Bar betreute, durchforstete ihr Gedächtnis. Sie konnte sich schlecht an Namen erinnern, wohl aber an Gesichter. Beschreibungen, die nur aus Worten oder Nummern bestanden, durchquerten ihr Gehirn buchstäblich von einem Ohr zum anderen und wanderten augenblicklich ins All. Pauline sah Magerbeck vor ihrem geistigen Auge, wie er am Samstag der letzten Woche aus der schwarzen Limousine ausstiegen war. Sie kicherte vergnügt in sich hinein. Den anderen berichtete sie: „Er glitt wie eine Schlange vom Ledersitz, Aussteigen konnte man das nicht nennen." „Wieso konntest du das so genau beobachten?", fragte

Bernard erstaunt. „Ich habe gerade in dem Moment bei dem Olivenhain wilden Thymian und Rosmarin gesammelt. Ich wollte am Wochenende einen provenzalischen Lammbraten machen. Ich konnte also sehen, wie der Fahrer Koffer um Koffer sowie mehrere Kleidersäcke aus der Luxuskarosse holte. Er verschwand hinter dem Kirschlorbeerbusch und kam wieder zurück." „Ist Dir sonst noch etwas aufgefallen?", wollte Beatrice jetzt wissen. „Ja, Moment! Auf dem Trampolin hüpfte zur gleichen Zeit eine junge Frau herum. Sie machte aus der Ferne einen ziemlich vergnügten Eindruck. Als sie aber das Fahrzeug mit dem Monsieur Magerbeck sah, sprang sie von dem Hüpfding herunter und rannte panisch weg." „Warum meinst du, dass sie Panik hatte?" Beatrice horchte auf. „Sie fiel beinahe hin und wäre fast mit einem anderen Gast zusammengestoßen", erklärte Pauline. „Ich hatte das Gefühl, dass sie ihn kannte. Erfreut war sie meinen Augen eher nicht", sagte sie leise. „Hast du ihn danach noch einmal gesehen?" Bernard schaute sie nachdenklich an. „Ob ich den Herrn danach noch einmal gesehen habe?", wiederholte Pauline. „Ich glaube nicht!" Oder doch? Pauline dachte intensiv nach. Ein sehr flüchtiges Bild tauchte auf und wollte gleich wieder verblassen. „Einmal habe ich abends eine große, schlanke Gestalt zum L'Amelie huschen sehen. Es muss ein Besucher gewesen sein, denn Magerbeck selbst war nicht größer als einen Meter fünfundsiebzig." Béatrice wurde hellhörig. „Kannst du ihn näher beschreiben?" Pauline schüttelte bedauernd den Kopf. „Nein, leider nicht." Aber nachdem sie sich in dem Korbstuhl zurücklehnte und wieder aufs Zuhören konzentrieren wollte, fiel ihr plötzlich doch noch etwas ein. Unsicher, ob es wirklich zur Sache gehörte, überlegte sie kurz, aber dann meldete sie sich noch einmal. „Vor einigen Tagen ist zu später Stunde ein junger Mann in der Bar erschienen. Er hat einen roten Pastis mit viel Eis verlangt und einen aufgebrachten Eindruck hinterlassen. Ja, er wirkte aufgewühlt, irgendwie wütend, auf jeden Fall nicht in bester Stimmung." Dass er sehr gut ausgesehen hatte, erwähnte Pauline nicht. Sie warf Béatrice einen verstohlenen Seitenblick zu. Klar, bestimmt zwanzig Jahre jünger als sie selbst. Aber wenn schon, dachte sie trotzig. Wenn ein alter Sack sich mit einer jungen Frau schmückte, erhöhte das sein Ansehen bei gleichaltrigen Männern. Trotz aller Gleichberechtigungsanstrengungen, wenn sich eine ältere Frau mit einem jungen Mann liierte, hieß es gleich, sie habe bestimmt viel Geld an den Füßen. Oder aber er suche eine Ersatz-Mutti. Pauline schnaubte verächtlich. Er war groß gewesen, hatte schwarz glänzende, leicht wellige, kurze Haare. Sie erinnerte sich genau an seine vor Zorn funkelnden, dunkelbraunen Augen, überzogen von dichten, schwarzen Augenbrauen. Seine schmalen Gesichtszüge unterstrichen seine elegante, gerade Nase und die weichen Lippen. Hatte er einen Schnauzbart? Nein, er hatte einen richtigen Vollbart gehabt. Bevor sie sich der Realität stellte, genoss sie in ihrer Phantasie noch einmal den Anblick dieses Adonis, der ihr so überraschend vom Schicksal an die Theke gespült worden war und seufzte. Dieser Mann war viel zu schön, um sich für Frauen zu interessieren, schon gar nicht, wenn sie längst die fünfzig überschritten hatten. Und wenn schon. „Zu mir war er trotz seines Zornes freundlich", sagte Pauline trotzig. „Leider hat er den Pastis ziemlich hastig heruntergestürzt und ist dann so schnell und geräuschlos wieder verschwunden, wie er gekommen ist." Pauline überlegte. „Er hatte einen schmalen Ring am kleinen Finger der linken Hand. Mit einem Brillanten darin." Sie schaute fragend in der Runde. Pierre zwinkerte schon wieder mit den Augen. Nachdem Bernard den dürftigen Bericht aller gehört hatte, entschied er. „Ich glaube, wir müssen die Polizei einschalten! Ich tue es nicht gerne, ihr wisst alle, wie viel Ärger das für uns bedeuten kann. Wir haben keinen wirklichen Grund, ein Verbrechen zu vermuten, aber wir sollten das Verschwinden von Monsieur Magerbeck melden." Béatrice stöhnte und wünschte sich weit weg, sehr weit, am liebsten nach Thailand oder auf die Malediven oder ganz einfach nach Michelbach.

Bernard zögerte keinen Augenblick länger. Er stand auf, eilte nach draußen und wählte die Nummer des Bürgermeisters von Montagnac. Es dauerte, bevor er Philippe Dubonnet an den Apparat bekam. „Ah, Monsieur Pelzer. Cá va?" „Eigentlich nicht schlecht", antwortete Bernard. „Aber ich habe ein kleines Problem." „Wie kann ich helfen?", fragte der Bürgermeister. Er war recht dankbar dafür, dass Bernard und Béatrice Pelzer ein paar Touristen in diese Region gebracht hatten, wenn auch nicht viele davon als shoppende Kunden in Montagnac landeten. „Philippe, bei uns wir ein Gast vermisst. Ich glaube, ich sollte die Polizei verständigen, aber mir ist im Augenblick nicht klar, an wen ich mich wenden soll. Police Municipale oder an die Gendarmerie? Wer ist der richtige Ansprechpartner?" Philippe lachte leise. „Oh, ich verstehe! Die französische Bürokratie. Sie ist nicht leicht zu verstehen für euch Ausländer." „Aber ich wohne seit meinem zwanzigsten Lebensjahr in Frankreich", entrüstete sich

Bernard. „Ich bin schon drei Viertel Franzose. Trotzdem ist es nicht einfach, herauszufinden, wer hier was macht." „Ich weiß! Bernard, aber bist du sicher, dass du in diesem Fall die Gendarmerie einschalten musst? Die Police Municipale ist für die örtliche Verkehrslenkung und für Verwaltungsangelegenheiten zuständig. Man könnte sie als verlängerten Arm meines Amtes bzw. der Gemeindeverwaltung verstehen. Bei Delikten und zur Verbrechensbekämpfung musst du dich direkt an die Gendarmerie wenden. Aber zurück zu deinem vermissten Gast. Handelt es sich um einen Mann oder um eine Frau?" „Es ist ein Mann. Und sage mir bitte nicht, dass er nur Zigaretten holen gegangen ist. Das glaube ich nicht, denn der Mann reiste allein." „Du kennst mich ein bisschen", lachte Philippe. „Aber wer weiß, vielleicht hat er doch irgendwo eine kleine Liaison? Oder er ist mal eben nach Spanien gefahren und hat sich dort verirrt? Hast du irgendeinen Verdacht, dass ein Verbrechen vorliegt? Ich meine, um die Gendarmerie in Bewegung zu versetzen, brauchst du wirklich etwas Konkretes." Etwas Konkretes hatte Bernard natürlich nicht.

Philippe Dubonnet lehnte sich in seinem schweren Ledersessel zurück und ließ seinen Blick über die antike Einrichtung schweifen, ohne wirklich etwas zu sehen. Das Raumklima war in diesen dicken Gemäuern im Sommer recht angenehm, jetzt genoss er eine herrliche Septemberkühle. Manchmal wehte ein zarter Hauch von satten Weintrauben herein, wenn ein vollgestopfter Transporter die geernteten Trauben zur nächsten Cave brachte, entweder nach Pomerols oder Florensac. Wer dachte bei solch einem Wetter ernsthaft an Verbrechen. Vielleicht war der Mann auch bei einer Wanderung in einer Ferme Auberge hängen geblieben und ließ es sich dort gut gehen. Philippe strich sich gedankenverloren über den gepflegten schwarzen Schnäuzer. „Okay Philippe. Ich verstehe, dass ich erst schauen muss, ob wir etwas finden. Aber sage mir doch trotzdem, bei wem ich am schnellsten Erfolg habe, wenn es ernst wird. Wer weiß, ob ich Dich in dem Augenblick erwische." Bernard kannte die Gendarmerie nur von den Alkoholkontrollen, die diese seit einigen Monaten um die Mittagszeit auf den Landstraßen durchführten. Ein Großteil der Franzosen liebte es, ab zwölf Uhr mittags eine ausgedehnte Mahlzeit in Begleitung des einen oder anderen Gläschen Weißweines zu sich zu nehmen. Dieses Problem war Philippe Dubonnet bestens bekannt. Genoss er doch auch selbst gerne den spritzigen Muscadet, der in der Cave Cooperative, im Bistrot Alexander, Florensac zum Mittagstisch gereicht wurde. Liebevoll untertrieben wurde das kleine Restaurant dort als ‚Kantine‘ bezeichnet. Internationales Publikum ließ sich von einem Koch verwöhnen, der sein Handwerkszeug verstand. Außerdem fungierte ein ehemaliger Sternekoch im Hintergrund als Berater. Und in direkter Nachbarschaft zur französischen Winzergenossenschaft mundete der Wein vor dem Essen, bei dem Essen und auch nach dem Essen. Das hatte sich eben auch bis zu den ‚Flics‘ herumgesprochen und die machten sich neuerdings ein boshaftes Vergnügen daraus, den Alkoholsündern an beliebten Fahrtstrecken aufzulauern. Genüsslich skandierten sie dann „Wir verzichten erst einmal darauf, ihnen Handschellen anzulegen, aber....". Bei einem Grenzwert von 0,25 Promille musste man höllisch aufpassen oder eine freundliche Ehefrau haben, die einen nüchtern und sicher nach Hause brachte. „Pass auf Bernard, in dem Fall wendest du dich am besten an Joseph Leroux. Er ist Lieutenant bei der Gendarmerie Nationale in der Section de Recherches und er hat sehr gute Beziehungen zu dem Staatsanwalt, dem procureur, in Montpellier. Denn den wirst du brauchen, falls es ernst wird." Bernard bedankte und verabschiedete sich. Er durfte sich nicht auf sein Bauchgefühl verlassen. Vor ein paar Jahren war die komplette Organisation der Polizei neu strukturiert worden. Aber jetzt war er zufrieden, dass er für den Notfall einen Namen und eine Telefonnummer hatte.

Michelle war seit fast fünfzehn Jahren Agentin, Förderin und Freundin von Lisette. Sie vergötterte ihren Schützling. Lisette war für sie die Königin unter den Jazz-Sängerinnen, ihr Idol. So wie sie war, wäre sie selbst gerne geworden. Einfühlsam, präsent, mit einem Stimmumfang wie Ella, und leidenschaftlich. Wenn Lisette vor tausenden von Menschen sang, erfasste auch den Zuhörer in der letzten Reihe ein wohliger Schauer. Schwang sie sich in höhere Oktaven, lief manch einem Zuhörer eine Gänsehaut über den Rücken. Michelle hatte nach einer Aphonie infolge eines Tumors alle Träume von einer kometenhaften Karriere für immer aufgegeben. Dafür stand sie nach der erfolgreichen Heilung nun bei jedem Konzert hinter der Bühne. Sie war ergriffen von Lisettes Interpretationen bekannter Blues-und Samba-Stücke, bewunderte die Leichtigkeit ihrer Phrasierungen und ihr Rhythmus-Gefühl, wenn sie Swing-Stücke intonierte. Wenn es das Publikum bei ihrem von Ella Fitzgerald beeinflussten Scatgesang von den Stühlen riss, fühlte sie ein bisschen, dass diese Begeisterung auch ein Stück weit ihr selbst gebührte. Sie hatte Lisette entdeckt und gefördert, dazu ermutigt. Sobald sie die Bühne betrat, strahlte Lisette wie ein heller Stern, aber Michelle kannte die Wochen, Tage und Stunden vor einem solchen Auftritt. Dann plagten Lisette Selbstzweifel und oft auch mörderische Migräne-Attacken, die sie tagelang ans Bett fesselten. In solchen Fällen wachte Michelle über sie wie eine Löwin über ihr Junges. Sie schirmte Lisette von allen Menschen ab, die ihrer Meinung nach Gift für das Wohlbefinden ihres Schützlings waren. Dies galt in besonderem Maße für Lisettes Schwestern, die viel zu sehr an ihr herumzerrten, ihr falsche Modetipps gaben und in Beziehungsfragen völlig daneben lagen. Michelle wimmelte sie ab, erfand Notlügen und vertröstete die Verwandtschaft auf spätere Zeiten. Hartnäckige Fans hatten erst recht keinen Grund zum Lachen. An Michelle vorbei zu kommen und ein Wort mit dem Star zu wechseln, erforderte fast mehr Geschick als einen Termin bei der Königin von England zu bekommen. Männliche Verehrer waren ganz arm dran. Sie verfolgte Michelle mit rüden Methoden. Hatte es ein Kerl trotz aller Abwehrmaßnahmen geschafft, in den inneren Kreis vorzudringen, wurde er von Michelle unter die Lupe genommen. Wollte er sich in Lisettes Ruhm sonnen? Hatte er Schulden? War er ein armer Schlucker, der an Lisettes Geld wollte? Drogenabhängig? Das Schicksal der bedauernswerten Amy Winehouse war Michelle eine ständig präsente Warnung. Vor solch einem Schicksal wollte sie Lisette bewahren. Meistens hatten die jungen Männer bald genug von dem Drachen, der Lisette auf Schritt und Tritt begleitete. Sie zogen sich zurück und Michelle hatte Lisette wieder für sich.

Nach dem Telefonat mit Philippe Dubonnet war Bernard ratlos. Er hatte sich in sein Arbeitszimmer hinter der Rezeption zurückgezogen und wippte unschlüssig in seinem Ledersessel vor und zurück. Sollte er das L'Amelie räumen lassen? Würde er Spuren vernichten, falls es welche gab? Als Geschäftsmann wollte er das Gîte nicht allzu lange unvermietet lassen. Sie hatten es im Frühjahr vollkommen umgestaltet, einen Swimmingpool integriert, die Fensterrahmen erneuert und eine Küche mit modernster Technik eingebaut. Die Bank hatte einen großzügigen Kredit gewährt und der wollte abbezahlt werden. Bernard musste etwas tun. Ihm war klar, dass es am Sonntag nicht leicht war, Joseph Leroux zu erreichen. Er versuchte es einfach und wählte die Telefonnummer, die Philippe Dubonnet ihm gegeben hatte. Natürlich besetzt. Wie viel Zeit in seinem Leben hatte er schon damit vergeudet, immer wieder die gleiche Telefonnummer zu wählen! Während er zunehmend nervöser und irgendwie auch ärgerlich wurde, stürmte plötzlich Mariella zur Tür herein. Sie ließ sich hechelnd vor seinen Füßen auf den Boden plumpsen und präsentierte ihm einen lehmig verschmierten Schuh. „Mariella!", stieß Bernard überrascht hervor und sah sich angeekelt den alten Schuh an. Moment, der starrte zwar vor gelbem Dreck, aber alt war der nicht. Er verspürte einen winzigen Stich in der Magengegend. Ein eleganter, schwarz glänzender Herrenschuh, geschätzte Größe 41, rahmengenäht, lag vor Mariella auf dem grauen Berberteppich. Mariella schaute ihn von unten mit treuem Blick, auf Lob wartend an. „Mariella! Guck nicht so! Du bist ein stolzer Labrador und kein Dackel! Wo hast du den bloß gefunden? Komm' mit! Zeig!" Bernard sprang auf und eilte zur Tür. Aber Mariella hatte im Augenblick alle Bedürfnisse nach Herumstreunen und Schnüffeln gestillt. Sie trottete gelangweilt hinter Bernard her, aber nach einigen Metern bog sie ab und zog es vor, die Familie Gärtner zu besuchen. Mariella wurde dort mit Leberwurstbroten und zusätzlichen Streicheleinheiten beglückt. Bernard rief Sebastian herbei. Gemeinsam schwangen sie sich in einen kleinen Geländewagen und fuhren langsam das Areal ab, zuerst noch einmal in Richtung Pitsch und Putt. Sebastian erinnerte sich wieder an die beiden Rotweingläser. „Die sollten wir unbedingt sicherstellen", sagte er zu Bernard. „Hast du zufälligerweise Einmalhandschuhe dabei?" Sebastian schüttelte den Kopf. „Vielleicht in der Werkzeugkiste?", dachte er laut nach. „Aber notfalls habe ich dort eine Küchenrolle. Damit müssten wir die Gläser vorsichtig einpacken können." Sie umrundeten den kleinen, hügeligen Wald zur Rechten, kehrten zurück, fuhren über den breiten Weg, der mitten durch den Wald führte, wo Aleppokiefern friedlich neben Pinien standen, eingerahmt von etwas zu dicht stehenden Douglasien. „Die müssen wir demnächst ausdünnen, sonst haben sie keinen Platz zum Wachsen", erklärte Bernard und zeigte auf ein paar kräpelige Nadelbäume. Mit Adleraugen schauten sie nach Spuren, die auf Magerbeck hinweisen könnten. Das Wäldchen reichte fast bis an die Wiese heran, die sich hinter dem L'Amelie erstreckte. Danach untersuchten sie den Bauplatz an der Stirnseite des Geländes, schauten in jeden Winkel der dort stehenden Lagerhalle. Sie fanden absolut nichts. „Allein schaffen wir das nicht", sagte Bernard resigniert. Er griff noch einmal zu seinem Mobiltelefon. „Ah! Endlich!" Erleichtert lauschte Bernard dem Freizeichen.

Joseph Leroux, von seinen besten Freunden nur Jo genannt, musste vor fast zwanzig Jahren plötzlich sein ganzes Leben umkrempeln. Nach dem Baccalauréat hatte er keinerlei Ambitionen verspürt, sich noch mehr mit Theorien, mit Büchern und verstaubten Universitätsprofessoren herumzuärgern. Stattdessen wollte er endlich etwas mit seinen Händen schaffen, etwas, das er anfassen konnte. Am liebsten hätte er eine Schreinerlehre gemacht und später selbst Möbel entworfen. Unglücklicherweise wollte zu dieser Zeit kein Betrieb einen Intellektuellen einstellen. Die Schreinermeister fürchteten sich vor einem Schlaumeier mit Abitur, der ihnen mit klugen Reden daher kam. Sie argwöhnten vor allem, dass er sich zu fein dafür wäre, Späne beiseite zu fegen oder den Kollegen ein Baguette für die Pause zu holen. Sicher würde er ihnen seine Rechte als Auszubildender vorhalten und auf sie herabschauen. Klempner wurden dagegen händeringend gesucht. Also stürzte Joseph sich in das Abenteuer und wurde Plombier. Die Ausbildung erwies sich als äußerst kräftezehrend. Der Chef, ein gewisser Emanuel Racine, verbrachte seine Vormittage lieber mit der Verkostung des einen oder anderen Pastis und ließ stattdessen seinen Lehrling für sich arbeiten. Joseph musste in heruntergekommenen Häusern Bleirohre aus den Wänden rupfen, sie anschließend die Treppenhäuser heruntertragen und auf den Lastwagen werfen. Er durfte Kupferrohre sägen und nebenbei auch noch Schornsteine fegen. Eines Tages wurde er so krank, dass er morgens nicht mehr aus dem Bett kam. Seine Frau Helene tat alles erdenkliche, um ihn wieder aufzupäppeln. Zunächst glaubte sie an eine Grippe, flößte ihm heiße Hühnersuppe ein, machte ihm kalte und warme Umschläge, aber es wurde nicht besser. Joseph

fühlte sich kraftlos und müde, wollte immer nur schlafen. Helene schleppte ihn zum Arzt, der fand nichts und überwies ihn an ein Spezialkrankenhaus in Montpellier. Sie röntgen ihn, machten Blutuntersuchungen, testeten ihn auf Allergien. Sie fanden heraus, dass sein Eisenwert viel zu niedrig war. Der Mineralhaushalt sei empfindlich gestört. Die Ursachen dafür konnte ihnen keiner nennen. Sie entließen ihn wieder und rieten ihm, sich gesund zu ernähren und viel an die frische Luft zu gehen. Joseph landete wieder zu Hause im Bett und löffelte weiter Hühnersuppe. Eines Tages bekamen sie Besuch von einer alten Bekannten. Bei Kaffee und Kuchen fing Helene plötzlich an zu weinen und berichtete von ihrem Frust und davon, was sie schon alles vergeblich unternommen hatten, um Joseph's Krankheit in den Griff zu bekommen. Die Bekannte, selbst mit einer langwierigen Rheumageschichte geschlagen, empfahl eine holländische Krankenschwester. Die hatte sich weitergebildet und arbeitete nun als Therapeutin in dem kleinen Ort Caux. Helene war skeptisch. Warum sollte eine Krankenschwester mehr herausfinden als die Spezialisten? Andererseits sollten sich die rheumatischen Beschwerden bemerkenswert verbessert haben.
Trotz aller Skepsis notierte sie die Telefonnummer, die Adresse, pinnte sie an den Kühlschrank und hatte sie bereits wieder vergessen, als die Bekannte sich verabschiedete. Ein paar Tage später kämpfte Joseph mit einem schrecklichen Husten. Er bekam kaum noch Luft und hörte sich grauenhaft an. Helene packte der Zorn, sie griff zum Telefon und wählte die Nummer der Krankenschwester. Sie hatte Glück und bekam schon für den übernächsten Tag einen Termin. Eine Klientin hatte absagen müssen. Die „Krankenschwester" entpuppte sich als

äußerst attraktive, zierliche Frau jenseits der fünfzig. Ihre blonden Haare hatte sie zu einem Pferdeschwanz gebunden. Blaugrüne Augen musterten ihre Besucher wach und warmherzig. Sie hatte sich in ihrer Wohnung ein helles Zimmer mit Blick in einen verwunschenen Staudengarten eingerichtet. An den Fenstern hingen allerlei glitzernde Glassteine, die die Sonne reflektierten und kleine, regenbogenfarbene Lichtsprenkel an die weißen Wände warfen. Auf dem Fensterbrett wandten sich mehrere Töpfe mit Sukkulenten dem Licht entgegen. Rosenquarze, Bergkristalle und Amethysten in beträchtlicher Anzahl leisteten den Pflanzen Gesellschaft. Emma van der Linden erkundigte sich nach den Beschwerden Josephs. Sie erklärte, dass sie mit Hilfe eines Computerprogramms herausfinden könne, wie die energetische Versorgung der einzelnen Organe aussehe. Sie fragte Joseph nach Operationen, Kinderkrankheiten, Narben. „Wie viel Wasser trinken Sie täglich?" Joseph schaute sie ratlos an. Wasser? „Bewegen Sie sich ausreichend an der frischen Luft? Außerhalb der Arbeitszeit natürlich". Spazierengehen? Meinte sie das? Als Kind hatten seine Eltern ihn gezwungen, jeden Sonntag mit ihnen in den Park zu gehen. Als Erwachsener vermied er das. „Aber natürlich treibe ich Sport! Bevor ich nur noch auf dem Sofa sitzen konnte, bin ich regelmäßig geschwommen. Das ist etwas ganz anderes." Emma van der Linden verband ihn nach der eingehenden Befragung an Hand- und Fußgelenken mittels breiter Gummischlaufen mit dem Computer. „Bitte schweigen Sie für ein paar Minuten und konzentrieren sich auf ihren Körper", bat sie ihn. Sie starrte gebannt auf den Bildschirm ihres Gerätes. Nach fünf Minuten spuckte das Programm die ersten Ergebnisse aus. Emma van der

Linden las die Analyse, kombinierte und sagte dann: „Ihr kompletter Organismus ist hochgradig mit Schwermetallen belastet. Sie verfügen kaum noch über Abwehrkräfte. Kein Wunder, dass Sie sich so schlapp fühlen." Sie leitete erste Sofort-Maßnahmen ein, forschte nach homöopathischer Unterstützung und riet ihm, zur Entgiftung Algen in seinen Speiseplan aufzunehmen. „Trinken Sie unbedingt mindestens zwei Liter Wasser in kleinen Schlucken über den Tag verteilt." „Ich bin doch keine Kuh", rief Joseph aus, fügte aber sofort hinzu: „Gut, wenn es mich nach vorne bringt, will ich es probieren." Das war noch nicht alles. Frau van der Linden riet ihm dringend, in den nächsten Wochen auf Fleisch zu verzichten, vor allem auf gegrilltes und lange gebratenes. „Essen Sie möglichst viel rohes Gemüse, Obst und Nüsse." Zähneknirschend stimmte Joseph dem zu, aber er wollte unbedingt wieder gesund und fit werden. Das klappte. Sein Gesundheitszustand und damit auch seine Laune verbesserten sich täglich und bald konnte er wieder schwimmen und mit dem Rad über Stock und Stein fahren. Er hatte lange nachgedacht, fast jeden Abend mit Helene diskutiert, seine Freunde um Rat gebeten und sich bei der Präfektur von Montpellier erkundigt. Zum 31.12.1995 kündigte er dem versoffenen Emanuel Racine. Er konnte gerade noch rechtzeitig in den Polizeidienst eintreten, bestand alle Prüfungen und gehörte nun schon seit Jahren der Brigade L'Herault im Languedoc an. Er wunderte sich manchmal, dass er weitgehend selbständig arbeiten durfte, ohne mit seinem Vorgesetzten, dem Drei-Sterne-General Mathieu, allzu sehr aneinander zu geraten. Joseph bedachte – anders als seine Kollegen – Nicht-Gendarmen jeglicher Nationalität genauso mit freundlichem Wohlwollen wie seine Kollegen und seinen Chef. Die Gendarmerie Nationale war militärisch organisiert und sowohl dem Verteidigungs- als auch dem Innenminister unterstellt. Die „normalen" Gendarmen verhielten sich oft wie kleine Despoten, die ihre Untertanen nach Belieben einschüchtern und wie potentielle Ganoven behandelten konnten. Joseph Leroux ging das gegen den Strich. Tief drinnen fühlte er sich dem Leben gegenüber dankbar und er wollte einen Teil davon zurück geben. Das brachte ihm oft genug den Ruf eines Weicheis ein, doch das war ihm egal. Erwischte er einen Eierdieb auf frischer Tat, ermahnte er ihn eindringlich und ließ ihn laufen. Kam ihm ein Drogendealer, ein Menschenhändler oder gar ein Mörder in die Finger, kannte er kein Pardon. Wer mit dem Leben anderer spielte, hatte in seinen Augen das Recht auf Nachsicht verwirkt.

Lieutenant Joseph Leroux hatte heute frei. Ein unglaublich schönes Gefühl. Es war Mittag und er fuhr mit herunter gekurbelten Fenstern auf der D51 Richtung Marseillan. Aus den Lautsprechern dröhnte Phil Collins „In the Air Tonight" und Jo pfiff das Lied voller Wonne mit. Links und rechts streiften die Schilder von Weingütern mit klingenden Namen wie „Chateau Grand-Morin-Langaran", „St. Antoine" oder „La Fadeze" seinen Blick. Eines Tages würde er wieder mehr Zeit und Muße haben. Dann würde er auch zu jedem einzelnen dieser Weingüter fahren. Er würde deren Weinsortiment probieren und jeweils eine Flasche von seiner Lieblingssorte mit nach Hause nehmen, verkosten und entscheiden, von welchen Weinen er sich einen Vorrat anlegen würde. Joseph schmunzelte bei dem Gedanken. Ihm war klar, er das jedes Jahr wiederholen müsste. In jedem Weinjahr schmeckte der Wein anders. Dieselbe Rebe vom gleichen Terroir unterschied sich je nach Sonnenbestrahlung, der Niederschlagsmenge und den Windverhältnissen. Stirnrunzelnd dachte Joseph an den amerikanischen Geschmack. Nur vom Hörensagen wusste er, dass Amerikaner darauf insistierten, dass beispielsweise ein Merlot in jedem Land der Welt und in jedem Jahr identisch schmecken sollte. Wie langweilig! Joseph Leroux hielt sich streng an die vorgeschriebene Geschwindigkeitsbegrenzung. Er wusste, dass es auf der Straße nach Marseillan ein fest installiertes Radargerät gab. ‚Kein weiteres Passfoto‘, dachte er. Vor einem halben Jahr war ihm überraschend ein Brief vom Verkehrsüberwachungsamt ins Haus geflattert. Er sollte binnen einer Woche fünfundvierzig Euro zahlen. Kurz hinter Pezenas sei er acht Stundenkilometer schneller als erlaubt gefahren. Zahle er nicht pünktlich, müsse er ohne weitere Vorwarnung neunzig Euro berappen, danach... Er hatte geflucht wie jeder andere Bürger und den Betrag schnellstens überwiesen. Er war jetzt noch sauer, wenn er an die Raubritter dachte. „Smoke on the Water“, plärrte sein Handy. Joseph war versucht, das Mobil einfach zu ignorieren. Er trommelte die berühmte Folge aus Quart-Zweiklängen der Leadgitarre mit den Fingern auf seinem Lenkrad. Aber nur für Sekunden, dann lenkte er seinen Wagen an den Straßenrand. Es war Bernard Pelzer. Er stellte sich vor, erwähnte, dass er die Telefonnummer von Philippe Dubonnet bekommen hatte, schilderte sein Anliegen und bat um Beistand. Joseph Leroux hörte zu und entschied sich dafür, umzudrehen. Er fuhr zurück zum Kreisverkehr, nahm die dritte Ausfahrt und schlug den Weg nach Montagnac ein.

Nachdem sie sich von ihrem ersten Schrecken über Magerbeck erholt hatte, entspannte sich Lisette. Sie genoss es, stundenlang am verlängerten Strand von Marseillan-Plage entlang zu laufen, nichts zu denken und immer wieder Muscheln aufzuheben. Waren sie schön reinweiß, wie sie es gerne hatte oder wiesen sie kleine, runde Löcher auf, so dass man sie später auffädeln konnte, landeten sie in der Tasche. Handelte es sich um die warzige Herzmuschel oder die Acanthocardia tuberculata, die sie durch ihre samtig braunen Töne immer wieder an ihren ersten Teddybären erinnerten, mussten sie mit. Lisette schaffte es nicht, diese kleinen Wunderwerke der Natur zu ignorieren. Immer wieder bückte sie sich und hob eine neue Muschel auf. Ob Azorenmuscheln, flache Sandmuscheln, glatte Venusmuscheln, dickschalige Tellmuscheln oder kleine Pilgermuscheln, auf die sie besonders versessen war, sie sammelte sie alle und stopfte sie in eine Plastiktasche, die sie eigens dafür zum Strand mitgenommen hatte. Michelle lachte sie hinterher aus. „Du und Deine Muscheln! Hast du überhaupt noch einen Platz, wo du die zu Hause aufbewahren kannst?" „Lass mich!" war Lisettes Standardantwort in diesem Fall. „Wenn du weiterhin soviel Muscheln sammelst, brauchen wir einen zusätzlichen Koffer", stichelte Michelle. Lisette ignorierte Michelles Einwand. Sobald sie ihre Meeres-Schätze betrachtete, musste sie an Anne Morrow Lindbergh denken. Das Buch „Muscheln in meiner Hand" hatte in ihr die Sehnsucht nach der Einfachheit geweckt, der Zufriedenheit mit den Dingen, die man in der Natur finden konnte, für die man nicht in ein lautes, überfülltes Kaufhaus rennen musste, um sich dort die stickige Luft mit Hunderten von schubsenden, drängelnden Leuten zu teilen. Lisette genoss es, sich im warmen Sand auszuruhen. Mit den Füßen eine Kuhle schaufeln, Sand durch die Finger rieseln lassen, dem sanften Rauschen der Wellen lauschen, die Art von Blau des Himmels mit dem richtigen Namen benennen und die leicht salzige Luft durch die Nase ziehen. Warme, wohltemperierte Septembersonne auf den Körper scheinen lassen und auf der Haut fühlen. Sowohl Michelle als auch Lissette gefiel besonders der Strand im Abschnitt von Des Trois Digues. Der Hauptstrand erstreckte sich von Marseillan-Plage bis Séte. Vor einigen Jahren hatte man die Straße verlegt, die früher direkt neben dem Sandstrand verlief. Jetzt genossen die Besucher es, vom Autolärm ungestört von Marseillan-Plage über Castellas bis hin zum Des Trois Digues zu laufen. Dort lud die Strandbar La Voile Rouge nach der anstrengenden Strandwanderung zu einem eisgekühlten Panache ein. Unter roten Sonnenschirmen sitzen, sich von cooler Housemusik berieseln lassen, auf's Meer schauen und hinter einer riesigen Sonnenbrille die übrigen Strandgäste mustern, Lisette fand zunehmend Gefallen daran. Noch weitaus mehr gefiel ihr der hübsche Kellner. Gerne hätte sie sich länger in seine samtbraunen, glänzenden Augen versenkt, seine weichen, dunklen Lippen auf den ihren gespürt. Wenn er mit federnden, fast tanzenden Schritten an ihr vorbeieilte, fühlte sie ein leichtes Vibrieren. Es war, als ob er im Vorbeigehen sehr zart ihr Energiefeld berührt hätte. Sie bildete sich ein, dass er es auch spüren musste. Ihr kribbelte die Kopfhaut, ein leichter Schauer überflutete sie und sie fühlte sich, als würde sie im nächsten Augenblick schweben. „Der ist nichts für Dich", giftete Michelle. Sie hatte sofort gemerkt, wie sehnsuchtsvoll Lisette dem flotten Kellner hinterher träumte. „Woher willst du das wissen", fragte Lisette, die nicht willens war, sich ihre Träume kaputt machen zu lassen. „Siehst du denn nicht, wie er den blonden Beau vorne an der Bar hofiert? Ich sage dir, du bist Luft für den. Übrigens", setzte Michelle nach. „Achte auf den winzigen Brillanten an seinem linken kleinen Finger. Das müsste dir zu denken geben." „Du bist doch bloß eifersüchtig", parierte Lisette. „Nun, wenn du dir unbedingt einen Korb einfangen willst... Mir doch egal." Michelle drehte sich gekränkt um und trank ihren Gin-Tonic in einem Zug leer. „Wie lange willst du eigentlich noch in diesem langweiligen Kaff bleiben?" Lisette glaubte, sich verhört zu haben. „Langweilig? Wieso denn langweilig?" „Ich will weg, einfach nur weg, und das so schnell wie möglich. Ich finde es hier eintönig und die Leute auf La Lumière sagen mir nichts." „Aber du kennst sie doch gar nicht", wagte Lisette zu widersprechen. „Bisher bist du nicht ein einziges Mal mit mir ins Restaurant oder in die Bar gegangen. Du hast mir gesagt, dass dort nur Spießer oder Snobs verkehren. Woher weißt du das eigentlich?" „Ich weiß es eben", antwortete Michelle hochmütig. Lisette war ratlos. Michelle war in den letzten paar Tagen ziemlich verdreht, geriet schnell in Rage und regte sich wegen jeder Kleinigkeit auf. Immer wieder sprach sie davon, bald nach London zurückzufliegen. Bis Lisette entnervt sagte: „Dann buche Dir doch einen Rückflug. Ich bleibe!" Missmutig schnipste Michelle dem schönen Kellner und bestellte einen weiteren Gin-Tonic.

Joseph Leroux fuhr beim ersten Mal an dem roten Wegweiser vorbei. Zu spät fiel ihm wieder ein, dass auch der Dinosaurierpark in der Nähe sein musste. Er musste wenden. Sein Vorgänger, Lieutenant Luciole, hätte ihm den

Weg erklären können. „Jungchen“, hätte er gesagt. „Fahre immer der roten Weinflasche nach. Und wenn du im Gebüsch zur Rechten einen knatschgelben Kleinwagen entdeckst, lasse dich nicht beirren, das ist Babette.“ Wer Babette war, hatte Joseph Leroux nach einigen Gesprächen herausgefunden. „Babette liebt kräftige Kerle, aber auch zarte Jungen sowie schüchterne Männer; solche, die ein hübsches Taschengeld geben, mag er besonders“, hatte Luciole ihm eines Tages augenzwinkernd erklärt. Luciole war vor einigen Jahren in den Ruhestand gegangen. Er hatte vor vielen Jahren einen Mordfall auf La Lumière gelöst. Und Babette war ihm vor ein paar Tagen erstmals über den Weg gelaufen. Sie? Er? In einem Supermarkt in Pezenas schob eine auffallend gekleidete Dame mit einem ziemlich breiten Kreuz ihren Einkaufswagen vor sich her. Als erstes fielen Joseph die schwindelerregend hohen, schwarzen Lacklederpumps auf. Sein Blick wanderte aufwärts über schwarze Netzstrümpfe, einen fast durchsichtigen Petticoat und ein tief ausgeschnittenes Rücken-Dekolletee. Für den Einkauf von Bohnen und Kartoffeln eine recht eigenwillige Bekleidung. Als sich die Frau umdrehte, dachte Joseph: ‚Das muss Babette sein! Sie hat bestimmt schon die Rente eingereicht‘. Aus der Nähe wirkte sie oder er grobknochiger, als Joseph Leroux es vermutet hatte. Während er über Babette und ihr quietschgelbes Auto nachdachte, landete er auf dem Weingut Richard. Freunde hatten ihm berichtet, dass hier biologisch saurer Rebensaft produzierte würde. Leider hatte er sich schon wieder verfahren. Geduldig erklärte ihm Monsieur Richard höchstpersönlich, wie er den richtigen Weg finden würde. „Fahren Sie zurück, biegen Sie am Ende der Straße rechts ab. Wenn Sie drei sehr hochgewachsene Pinien dicht nebeneinander sehen, biegen Sie wieder nach links. Dann immer geradeaus, an den ganzen Hochsitzen vorbei. Und achten Sie auf die Schlaglöcher. Wenn es kracht, sind Sie zu schnell gefahren. Den Eingang zum Schlösschen können Sie nicht verfehlen." Warum Monsieur Richard so schadenfroh grinste, als er sich umwandte, konnte sich Lieutenant Leroux nicht erklären. Er bedankte sich für die Hilfe, stieg in seinen alten Peugot und bog erleichtert nach zehn Minuten in den von einer niedrigen Mauer umsäumten Weg ein. An dem großen Eisentor parkte er seinen Wagen. Neugierig blickte er sich um und ging den Kiesweg entlang. Im Vorübergehen sog er einen unglaublich intensiven Duft nach Jasmin ein, gefolgt von einem Hauch Piniengeruch. Ein dunkelbrauner Labrador sprang an ihm hoch und versuchte, ihn abzuschlecken. „Wer bist du denn?", fragte Joseph und kraulte den Labrador hinter den Ohren. Joseph Leroux hätte sehr gerne einen Hund gehabt. Manchmal hatte er schon im Internet nach einem Petit bleu de Gascogne oder einem Berger Picard geschaut. Mit dem ersteren hätte er sehr oft rennen müssen, die andere Rasse verlangte eine intensive Erziehung, da sie sehr stur und eigensinnig sein konnte. Joseph seufzte. Helene reagierte allergisch auf Hunde, so dass sich diese Frage erledigt hatte. Der Labrador geleitete ihn zu einer kleinen Personengruppe, die gegenüber von einem ausufernden Naturteich mit einem Wasserfall stand.

Vor einem hell gestrichenen Gebäude standen drei Männer und zwei Frauen. Ihre Körpersprache nach zu urteilen, waren sie ziemlich erschüttert. Ein recht großer Mann mit kurz geschnittenen, dunklen Haaren, braun gebrannt, nahm seine Sonnenbrille ab und kam auf ihn

zu. „Commissaire Leroux?" „C'est vrai! No! Lieutenant Leroux." Joseph Leroux schüttelte Bernard Pelzer die Hand. Die Gendarmerie unterhielt eine eigene Section de Recherches, die auf dem Land kriminaltechnische Untersuchungen durchführte. So führte Joseph nicht den Titel eines Commissaires, sondern bekleidete den Rang eines Lieutenants. „Lieutenant Leroux. Leider haben wir etwas gefunden, das gar nicht so gut aussieht." „Ja, das sagten Sie bereits am Telefon", erwiderte Leroux. Leroux hatte in seinem Berufsleben mehr als eine Leiche gesehen. Es war selten ein erhebender Anblick, aber noch war er sich nicht sicher, ob es bald wieder dazu kommen würde. Vielleicht waren die Deutschen zu ängstlich, wer konnte das wissen. Bernard stellte dem Lieutenant seine Frau Béatrice sowie die Angestellten Mayla, Sebastian und Guillaume, den Koch, vor. Béatrice war ziemlich grün im Gesicht und Mayla kreidebleich, es schien so, als ob sie jeden Augenblick ohnmächtig werden würde. „Geht es um den Schuh oder ist mittlerweile mehr entdeckt worden?", wollte Joseph wissen. Bernard bedeutete ihm mit einem Kopfnicken, sich einen Schritt von der Gruppe zu entfernen. „Heute Morgen hat unser Hund Mariella den ersten Schuh angeschleppt. Vor ungefähr zehn Minuten brachte sie den zweiten." Bernard sprach sehr leise, so dass die Frauen ihn nicht hören konnten: „Gestern Abend lief ein grauenhafter Kriminalfilm im Fernsehen, den haben sich beide Frauen dummerweise angeguckt."
Joseph schaute ihn verständnislos an. „Ein Polizeibeamter hat seine Frau getötet, in den Wald gefahren und an einem Platz abgelegt, wo häufig Wildschweine herumliefen. Sie haben gezeigt, wie die über die tote Frau hergefallen sind. Jetzt fürchten sie, dass unserem vermissten Gast

ähnliches widerfahren ist." „Aber Monsieur Pelzer! Wildschweine sind Allesfresser, in der Regel ernähren sie sich
von Bucheckern, Getreide und Raps. Hier in dieser Gegend suchen sie eher Mäuse oder Gelege von Bodenbrü-
tern. Naja, Wildschweine sind faul, wenn sie also leicht
an Nahrung kommen..." „Ich weiß", sagte Bernard. „Ein
kalter Körper riecht nicht mehr nach Mensch. Für das
Schwein handelt es sich um Aas. Und das wird gefressen.
Aber nun wollen wir mal nicht den Teufel an die Wand
malen." „Ja, das sehe ich auch so. Lassen Sie mich einen
Blick auf die Schuhe werfen. Wo haben Sie die depo-
niert?" Bernard zeigte auf die Garage, die sich auf gleicher
Höhe wie die Rezeption befand. „Ich habe einen Jutesack
darüber geworfen, damit Mariella sie nicht auch noch an-
kaut. Kommen Sie." Joseph Leroux warf einen Blick auf
die lehmverkrusteten Schuhe. „Okay, wir müssen klären,
wo sich der Rest von dem Vermissten befindet. Ob es sich
um einen Unfall oder ein Verbrechen handelt, klären wir
später. Und ob es sich bei dem Besitzer dieser Schuhe um
Ihren Gast handelt. Ich muss auf jeden Fall den zuständigen Staatsanwalt, den Procureur, informieren. Hat Ihr
Gast einen Namen?" „Pardon, natürlich. Sein Name war,
ich meine ist Jerome Magerbeck." „Und wie lange vermis-
sen Sie ihn schon?" „Wir haben erst gestern Nachmittag
bemerkt, dass Monsieur Magerbeck nicht ausgecheckt
hat", mischte sich Béatrice ein. „Das heißt, er könnte
schon eher verschwunden sein?", vergewisserte sich
Joseph. „Ja, der Koch vermutet, dass er schon seit drei Tagen verschwunden ist, weil er keine Austern mehr bestellt
hat." Joseph runzelte leicht die Stirn. „Bestellte er sie
regelmäßig?" Guillaume, der sich für eine Zigarettenlänge
von der Gruppe entfernt hatte, schlenderte ohne Eile zu-

rück. Er hatte den letzten Satz aufgeschnappt und nickte. „Er wollte ungefähr jeden zweiten Tag Austern zum Mittagessen haben. In den letzten drei Tagen bin ich auf den Viechern sitzen geblieben." „Also wurde Monsieur Magerbeck zuletzt am Mittwoch gesehen?" „Am Dienstag", korrigierte Guillaume. „Das könnte kompliziert werden", murmelte Joseph, mehr zu sich selbst. „Hoffentlich finden den Verschwundenen bald. Wir sollten keine Zeit mehr bei der Suche verlieren." Er wandte sich an Bernard Pelzer. „Kann ich eventuell vorübergehend Ihr Büro benutzen?" „Aber natürlich", versicherte Bernard sogleich. „Wir räumen Ihnen meinen Raum hinter der Rezeption frei. Dort können Sie ungestört agieren. „Noch eine letzte Frage vorab. Wie viele Gäste haben Sie zurzeit?" „Moment, da muss ich erst zählen. Wir haben im Augenblick genau zwanzig Gîtes vermietet, davon wohnen in dreien Einzelpersonen. Also siebenunddreißig Erwachsene. Ich gehe davon aus, dass die Kinder im Augenblick nicht zählen." „Und die waren alle auch schon in der letzten Woche da und sind immer noch hier? Oder sind Gäste in der Zwischenzeit abgereist?" Dafür war Béatrice Pelzer zuständig. „Wo denken Sie hin, Lieutenant Leroux", rief sie aus. „Die Gîtes werden ja wochenweise angemietet. Am Samstagmorgen sind drei Familien und ein einzelner Herr abgereist. Eine neue Familie und zwei Paare ohne Kinder sind frisch angekommen." „Sollte sich herausstellen, dass der Vermisste wirklich einem Verbrechen zum Opfer gefallen ist, brauche ich die Daten der abgereisten Personen." Joseph Leroux sah Arbeit auf sich zukommen. Wenn sich herausstellen sollte, dass es sich nicht um einen Unfall handelte, müssten die nach Hause gereisten Personen an ihrem Wohnort vernommen werden, das heißt, das müsste erst einmal beantragt werden. Das konnte Wochen dauern. Bernard Pelzer zeigte ihm sein Büro, versorgte ihn mit einem Espresso und Wasser. Er erklärte ihm das Telefon und fragte, ob er ihn im Augenblick brauche. Dann zog er sich zurück. Leroux wollte gerade die Mobilnummer des Staatsanwaltes wählen, als sein Blick auf einen riesigen Jahresplaner fiel, der an der Stirnwand hing. Heute war Sonntag... Er hatte Helene versprochen, den Nachmittag mit ihr am Strand zu verbringen. „Liebste Helene", begann er. „Es wird nichts mit unserem Strandnachmittag", setzte Helene seinen angefangenen Satz fort. „Je suis désolèe. Ich kann hier noch nicht weg. Aber heute Abend gehe ich mit dir ins Tabou, versprochen." „Ist gut", sagte Helene und schlug ihr Buch wieder auf.

Im Le Tabou in Méze gab es die besten Muscheln weit und breit. Beim Staatsanwalt Marc Majory plärrte die Mailbox. Joseph bat ihn um einen Rückruf, entschuldigte sich für die Störung und erklärte, warum er trotzdem eine schnelle Antwort brauchte. Er kannte Marc privat und wusste, dass er bald von ihm hören würde. Joseph Alexandre Leroux hatte im Januar 2016 seinen vierzigsten Geburtstag gefeiert. „Die Sturm- und Drangjahre sind vorbei", hatte er gefrotzelt. Bisher brauchte er sich um graue Haare noch keine Sorgen machen, im Gegenteil. Seine hellbraunen Locken musste er regelmäßig vom Frisör stutzen lassen, sonst nervten sie ihn, ganz besonders, wenn es im Sommer heiß war. Seine Augen nahmen je nach Stimmung oder Kleidung eine andere Farbe an. Heléne machte sich mehr als einmal darüber lustig und rief: „Da kommt mein kleines Chamäleon. Welche Augen

schauen mich heute an? Grüne? Blaue? Graue?" Leider
hatte seine Sehkraft schon ein wenig nachgelassen, so dass
er sich widerwillig an eine Brille gewöhnen musste. Helè-
ne genoss es dagegen sehr, dass sie nun auch für ihren
Gatten interessante Brillengestelle aussuchen konnte. In
seinem Ausweis stand, er sei einmeterfünfundachtzig
groß, in Wirklichkeit war es ihm völlig egal. Er hatte diese
Größe beim Amt angegeben und sie hatten ihn nicht
nachgemessen. Er musste sich zwangsweise mit Sport fit
halten, so dass er trotz guten Essens bisher noch keine
überflüssigen Pfunde angesetzt hatte. Während Leroux
nun im Büro der Pelzers einen Plan entwarf, was zu tun
sei, wer zu informieren, wen zu befragen, waren Bernard
Pelzer und Sebastian nicht untätig geblieben. Bernard gab
sein Geld zuweilen für verrücktes Zeug aus. Diesmal hatte
er sich im Internet eine Drohne gekauft. Béatrice hatte es
längst aufgegeben, ihn wegen seiner Eskapaden zu kriti-
sieren. Als der Bote von Mondial Relay wieder einmal ein
Paket brachte, ahnte sie schon, dass darin – wie immer -
eine kostbare Kleinigkeit steckte. Bernhard hatte schon
immer gerne fotografiert. In dieser Drohne steckte eine
Kamera und damit konnte er gestochen scharfe Luftauf-
nahmen machen. Heute hatten sie die Drohne eingesetzt,
um noch einmal alle uneinsichtigen Stellen des Geländes
unter die Lupe zu nehmen. Zunächst schauten sie sich
das unwegsame und mit dichtem Schilf bewachsene Gelände seitlich des Restaurants an. Danach steuerten sie das
Flugobjekt hinter die Pferdekoppel bis hin zur Grenze des
Nachbarn. Es war sehr interessant, alles von oben zu betrachten, aber bislang bemerkten sie nichts Ungewöhnli-
ches. Dann nahmen sie das Schilfstück neben dem Pitsch
and Putt in Augenschein. Bernard starrte zusammen mit

Sebastian auf die Kamera, sie suchten jeden Zentimeter ab, gingen an den Außenseiten etwas tiefer und führten die Drohne vorbei bis zu dem anderen Ecke der Grundstücksgrenze. Plötzlich blitzte etwas für den Bruchteil einer Sekunde auf.

„Da war etwas! Geh' noch einmal zurück, ich glaube, da ist etwas", sagte Sebastian aufgeregt. Nun sah auch Bernard etwas Kleines, Glitzerndes. Ein Ring? Eine Gürtelschnalle? „Komm', wir schauen nach". Wieder fuhren sie los, umrundeten den Olivenhain, bogen nach links und weiter um die Kurve. „Aber ich habe hier schon alles abgesucht", murmelte Sebastian verunsichert. Der breite, lehmige Feldweg schlängelte sich vorbei an einem Weinfeld, das jedoch schon dem Nachbarn gehörte. Daneben lief ein kaum sichtbarer, fast vollständig überwucherter Graben mit wenig Wasser. In der nächsten Biegung entdeckten sie eine frisch verwühlte Mulde, wie Wildschweine sie gerne hinterlassen, und noch einen anderen Grabehaufen. Halb verdeckt von Blättern lag das blitzende Ding, eine antik anmutende, fein ziselierte silberne Krawattennadel. Winzige Brillanten schimmerten im Sonnenlicht, sie fungierten als Augen für zwei ineinander verschlungene Salamander. Bernard hatte sofort sein Mobilphone gezückt. „Lieutenant Leroux, kommen Sie. Wir müssen Ihnen etwas zeigen. Sebastian holt Sie ab." Sebastian saß schon in dem kleinen, hellbeigen Geländewagen und brauste zum Rezeptionsgebäude. Mit quietschenden Reifen hielt er keine zehn Minuten später wieder neben Bernard, und Joseph Leroux sprang aus dem Wagen. Er folgte mit seinen Augen Bernards ausgestrecktem Zeigefinger, sah das Schmuckstück und kniete sich hin. Schon während der Fahrt hatte er sich Einmalhandschuhe übergezogen. „Es wird Ärger geben", murmelte er. „Ich kann den Staatsanwalt nicht erreichen. Bestimmt hat er einen Ausflug über die spanische Grenze gemacht, anders kann ich mir nicht erklären, dass er mich nicht zurückruft. Ich rufe jetzt eigenmächtig die Kollegen von der Spurensicherung an." Joseph Leroux straffte sich. Ihm war es in diesem Augenblick egal, dass er sich über bestehende Vorschriften hinwegsetzte. Er wusste, dass er den Dienstweg einhalten musste. Erst den Procureur informieren, der würde den Untersuchungsrichter beauftragen und der würde eine Kommission zur Untersuchung dieses Falles anordnen. Dann würden die richtigen Leute ausgesucht und erst danach dürften sie ermitteln. Aber bis es dazu kommen würde, hätte vielleicht schon wieder ein heftiger Regen einsetzen können. Im letzten Jahr war von einem Tag auf den anderen ein orkanartiger Regen über die ganze Region hereingebrochen und hatte mehrere Weinfelder unmittelbar vor den Toren von Pézenas unter Wasser gesetzt und alle Reben mit Schlamm überzogen. Oder die sintflutartigen Regenfälle, die in der letzten Woche die Côte d'Azur in Angst und Schrecken versetzt, ganz Antibes in eine Geröllhalde verwandelt hatte. Während der Lieutenant auf das Eintreffen der Spurensicherung wartete, griff er gedankenverloren in seine Hosentasche, um sich eine Zigarette anzuzünden, eine alte Gewohnheit, denn er hatte das Rauchen zum Glück schon vor ein paar Monaten aufgegeben. „Entschuldigen Sie! Ich habe gerade nicht zugehört. Was sagten Sie?", fragte Joseph Leroux. „Dem Wetterbericht zufolge könnte es morgen lang anhaltenden Regen geben", wiederholte Bernard. „Ach je, genau darüber habe ich gerade nachgedacht", sagte Joseph. Sein Mobilphone vibrierte. Der

Staatsanwalt? Nein, es war Helene. „Liebling, kommst du eigentlich heute noch? Oder fällt das Abendessen mal wieder ins Wasser?" „Oh Cherie! Das tut mir wirklich leid für dich. Ich muss noch auf die Jungs von der Spusi warten, wir haben hier etwas gefunden. Vielleicht entdecken wir noch mehr. Jedenfalls müssen die unbedingt alles sicherstellen, bevor der Regen die Spuren beseitigt. Aber bis um neunzehn Uhr bin ich bestimmt hier fertig." Helene seufzte. „Das würde mich wirklich sehr freuen. Ich bin auch nicht sauer, wenn du erst kurz vor sieben Uhr beim Le Tabou erscheinst." „Ich tue mein Bestes", versprach Joseph und verabschiedete sich. Dann wandte er sich wieder an Bernard. „Ich hoffe, Sie unterstützen mich, wenn mich der Untersuchungsrichter auffrisst. Er wird mir die Hölle heiß machen, wenn er herausfindet, dass ich die Spurensicherung ohne seine Genehmigung angefordert habe." „Jaja, der Dienstweg. Ich verstehe. Wenn sie sich in Frankreich von der Klippe stürzen wollen, müssen sie vorher die Genehmigung Ihres Präfekten einholen, sonst wird Ihr Tod später nicht amtlich anerkannt." Sie grinsten und sahen dem weißen Polizeifahrzeug entgegen, das mit hoher Geschwindigkeit und, eine hellbraune Staubwolke hinter sich her ziehend, auf sie zu bretterte.

Joseph Leroux kannte keinen der Kollegen, die aus dem Wagen sprangen. Ein kleinerer, etwas untersetzter Mann stellte sich als Eugène Fournir vor, der Mann mit der Kamera sagte nur kurz „Hallo" und fing gleich an, das Objektiv auf seine Nikon zu schrauben. „Ist das alles, was ihr gefunden habt?", fragte Fournir leicht verärgert, als er die Krawattennadel in einen Plastikbeutel packte. „Entschuldigung, ja. Das heißt, der Hund hat schon zwei Schuhe zum Haus geschleppt. Für morgen ist Regen angesagt. Da würden sie doch nichts mehr finden." „Schon gut", murmelte Eugène Fournier. Insgeheim verfluchte er den Lieutenant. Er hatte gerade mit ein paar Kollegen an der Promenade von Méze Boule gespielt. Das Halbfinale hatte gerade begonnen und er hatte sich gute Chancen ausgerechnet, das Endspiel zu erreichen. In dem Augenblick, als er ein Caro geworfen hatte, musste er das Spiel abbrechen und sich den weißen Plastikanzug überwerfen. Ungehalten war er hierhergekommen, um im Nichts nach einer Leiche zu suchen, die es vielleicht gar nicht gab. Geistesabwesend krabbelte er auf dem Feldweg herum und suchte in Gedanken nach dem Cochonnet und nicht nach den Spuren eines Verbrechens. Der dritte Mann, Vincent Grenoilt, suchte gemeinsam mit ihm nach weiteren Spuren. „Hier", rief Grenoilt plötzlich aus und zeigte auf einen schmalen Reifenabdruck, der für ein paar Meter sichtbar war. Er wandte sich an Pelzer. „Fährt hier normalerweise jemand mit dem Fahrrad her?" Bernard nickte. „Das ist möglich. Manchmal verleihen wir geländetaugliche Fahrräder an unsere Gäste. Nur haben wir in den letzten vierzehn Tagen kein einziges Fahrrad verliehen. Es gab einen Gast, der hatte sein eigenes Rennrad dabei, aber ich glaube nicht, dass er damit über dieses unwegsame Gelände gefahren ist. Der wollte Kilometer machen, und zwar auf den Straßen von hier bis Gignac und Séte." Eugène nickte. „Das kurze Stück hier sieht nicht nach Rennrad aus. Ein Wein-Trecker? Nein! Viel zu schmal. Schubkarre? Eventuell!" Er wies Grenoilt an, die Spur auszugießen. Sie suchten weiter. Fournier fiel ein kleineres Häuschen auf, das offensichtlich als Lagerschuppen für Werkzeuge diente. Die Stahltür stand ein wenig offen. Direkt dahinter fanden sie ihn auf dem nackten Betonboden. „Der hat sich nicht selbst so hingelegt", war das erste, was Joseph Leroux sagte. Auch ohne ihn umzudrehen, vermuteten sie eine Platzwunde am Hinterkopf. Der Kameramann wurde gerufen, er machte eine Serie Fotos, dann drehten sie ihn auf den Bauch. Er hatte keine Platzwunde, aber etliche Schürfwunden am Hinterkopf und an den Händen deuteten darauf hin, dass er vielleicht über den Boden geschleift worden war. Die Schuhe fehlten, schienen vom Fuß gezerrt worden zu sein, die silbergrauen Socken wiesen Löcher auf. Leroux vermutete, dass dies ein Hinweis auf Mariellas Reißzähne war. Der schwarze Anzug hatte ein wenig gelitten, saß immer noch perfekt, nur die Haut des Toten schimmerte bläulich. Etwas weiter von der Leiche entfernt entdeckten sie etwas, das ihnen im ersten Augenblick gar nicht aufgefallen war. Dort lag eine sehr helle, fast weiße Perücke. Und auch dann erst nahmen sie wahr, dass der Mann sehr kurz rasierte Haare hatte.

Dass Adam Parsley sich immer wieder darüber freute, einem berühmten Modezar aufs Haar zu gleichen, wusste nicht einmal sein bester Freund. Da sich der echte Designer sehr öffentlichkeitsscheu verhielt und kaum Interviews gab, genoss Parsley es jedes Mal, wenn er mit ihm verwechselt wurde und er scheute auch nicht davor zurück, die eine oder andere Einladung anzunehmen, die gar nicht ihm persönlich galt. Ihm, Adam Parsley, war eines Tages in der Pariser U-Bahn, in der Nähe des Place de la République, ein junger Mann mit schwarzen, langen Locken hinterhergesprungen, hatte ihn am Jackenärmel gezogen und ihn gebeten, ihm ein Autogramm zu geben. Überrumpelt, durcheinander und um eine Antwort verlegen, hatte er vehement geleugnet, etwas mit dem Berühmten zu tun zu haben. Der Unbekannte glaubte, dies sei ein Trick, um sich nervige Fans vom Leib zu halten und insistierte umso mehr. Adam hätte ihm am Ende den Gefallen getan, aber er hatte ja nicht einmal Autogrammkarten. Als er dann nicht mehr wusste, wie er sich den hartnäckigen Burschen vom Leib halten sollte, war er gerannt, was ihm angesichts seiner Figur nicht leicht gefallen war. Damals hatte er versucht, seinen Kummer über einen selbstverliebten Schauspieler in einer der hübschen Patisserien von Paris zu vergessen. Er entwickelte eine Vorliebe für die verführerischen Petit fours und konnte dem betörenden Duft frischer Buttercroissants nicht widerstehen. Das blieb nicht ohne Folgen, seine Leibesrundungen machten das Rennen beinahe unmöglich. Auch das Original hatte an Gewicht zugelegt und so sah sich Adam Parsley immer öfter mit Menschen konfrontiert, die ihn mit Jerome Magerbeck verwechselten. Zu Hause, im Hotel oder in Kaufhäusern verglich er sein Spiegelbild mit seinem berühmten Doppel. An Bahnhöfen studierte er die großen Magazine. Er kaufte alle, in denen Fotos von IHM zu finden waren und er schaute sich Videos an, um zu sehen, wie er sich gab, welche Klamotten er trug und was er sagte. Wenn ihn die Lust zum Schauspielern überkam, kopierte er seinen Doppelgänger. Er kleidete sich wie er, redete wie er und er sagte das, was er sagen würde.

Lisette fand es schon immer aufregend, auf Flohmärkten nach alten Sachen zu stöbern. In ihrem normalen Leben hatte sie weder Zeit noch Muße, dieser Leidenschaft zu frönen. Umso mehr freute sie sich, als sie das Schild mit der Ankündigung entdeckte. Am Sonntag sollte vor den Toren von Marseillan-Plage ein großer marché aux puces stattfinden. Ihre Freundin Michelle fand Flohmärkte wegen der vielen Menschen eher abschreckend, aber nachdem Lisette sie regelrecht bekniet hatte, ließ sie sich breitschlagen, doch mit zu gehen. Nach einem ausgedehnten, kontinentalen Frühstück inklusive Rührei, das ihnen Guillaume persönlich zubereitet hatte, waren sie gegen elf Uhr aufgebrochen und Richtung Meer gefahren. Bereits als sie die Brücke über den Canal du Midi fuhren, bemerkten sie parkende Autos links und rechts auf dem Randstreifen. „Die stehen hier doch hoffentlich nicht schon wegen des Flohmarktes“, rief Michelle entsetzt. Sie fuhren durch den Kreisverkehr und wurden eines Besseren belehrt. Fahrzeuge jeglicher Art und Größe blockierten alle vorhandenen Seitenstreifen. „Oh Gott, mir schwant Fürchterliches“, stöhnte Michelle und verdrehte die Augen. „Hoffentlich finden wir überhaupt noch ein Plätzchen, in das wir uns hinein quetschen können.“ So etwas hatten sie beide noch nicht gesehen. Vor der Cave Cooperative der Kommune Marseillan-Plage befand sich ein riesiger, überwachter Parkplatz, und es bestand keinerlei Aussicht, dort einen freien Platz zu ergattern. Bereits die Zufahrt war hoffnungslos dicht, es ging weder vorwärts noch rückwärts. Einige Fahrer waren bereits ausgestiegen und brüllten sich gegenseitig an, jeder behauptete, der andere behindere ihn am Weiter- oder Zurückfahren. „Wir werden ein Stück laufen müssen“, sagte Michelle. „Macht mir überhaupt nichts aus“, zwitscherte Lisette aufgekratzt. Sie hatte sich darauf eingerichtet, einige

Stunden zu Fuß unterwegs zu sein. An ihren Füßen steckten bequeme schwarz-weiß gepunktete Leder-Sneakers. Michelle begrub ihre Hoffnung, dass Lisette ob der Menschenmassen ihren Spaß am Flohmarkt verlieren würde. Sie lenkte den Wagen auf die Straße Richtung Sète, wo sie nach einigen Metern eine freie Lücke zwischen zwei Campingwagen erwischte. Sie taperten zehn Minuten am Straßenrand entlang, was nicht ganz ungefährlich war. Die Menschen, die sich aus dem Parkchaos befreien konnten, drückten das Gaspedal durch, sobald sie die Straße erreicht hatten. Zum Teil hielten sie aggressiv auf die Fußgänger zu, die sich nur durch einen kühnen Sprung in den niedrigen Graben retten konnten. Als sie am Kreisverkehr ankamen, hatten sie das Gröbste geschafft. Sie bogen nach links ab und stürzten sich in das Gewühl. Lisette scannte mit ihren wachsamen Augen jeden Stand links und rechts des ersten Ganges. Sie hatte ihren Fokus auf „Schatz entdecken, mit den Verkäufern verhandeln und kaufen" gerichtet. Bereits nach wenigen Metern musste sie sich eingestehen, dass sie noch nie so viel Gelumpe, so viel offensichtlichen Schrott auf einem Haufen gesehen hatte. Wer sollte und wollte das kaufen? Ein Rätsel. An verschiedensten Ständen wurden gebrauchte Autoreifen, alte Autobatterien, rostige Werkzeuge aus Eisen und Haushaltsgegenstände aus Plastik, die jeder Ästhetik entbehrten, angeboten. Nicht einmal dort, wo Porzellan ordentlich aufgereiht war, blieb ihr Auge für eine Sekunde länger hängen. Entweder handelte es sich um nachgemachtes Zeug oder es war einfach nur kitschig. Noch gab sich Lisette nicht geschlagen. Zu sehr erinnerte sie sich noch an den Flohmarkt in Aubenas an der Ardeche, wo sie im letzten Jahr ein altes Radio gefunden hatte, das genauso aussah wie das von ihrer Oma. An einem anderen Stand war sie ebenfalls fündig geworden und hatte Badezimmerhalterungen in Jugendstil-Optik ergattert. Hier wurde nichts Vergleichbares verkauft. Sie hatten bereits den siebten Gang durchstöbert und gingen immer schneller. Lisette zog Michelle neben sich her und strebte bereits nach einer knappen halben Stunde dem Ausgang zu. Michelle verkniff sich jeden Kommentar. „Lass uns nach Hause fahren“, sagte sie erschöpft zu Michelle. „Nach London?“, strahlte Michelle hoffnungsfroh. Lisette sah sie erstaunt an. „Nein, ich meinte selbstverständlich nach La Lumière!“ Sie hatte selbst nicht bemerkt, dass sie La Lumière als ihr Zuhause bezeichnet hatte. Da ihr Monsieur Magerbeck nicht mehr über den Weg gelaufen war, hatte sie ihn und auch die Zeit total vergessen. Sie hätte ewig dort bleiben können. Ein Blick auf Michelle genügte und sie sah, dass diese ganz und gar nicht ihrer Meinung war.

Joseph Leroux zückte sein Mobiltelefon, forderte den Gerichtsmediziner und einen Leichenwagen an. Er wollte wieder automatisch zu einer Zigarette greifen, stattdessen fischte er Avena Sativa aus der Tasche, ein homöopathisches Mittel, das ihm die Holländerin bei Suchtattacken empfohlen hatte. Sie mussten jetzt dringend das Apartment des Toten auf Spuren untersuchen. „Los, Marsch! Auf zum L'Amelie“, forderte er seine Kollegen auf. „Einer bleibt hier, um den Gerichtsmediziner und die Kollegen für den Abtransport zu empfangen.“ Schon rannte er mit Founir, Grenoilt und dem Kameramann zurück zu dem Haus an der äußeren Ecke der Ferienanlage. „Vielleicht brauchen wir noch einen Spezialisten mehr?“, fragte

Joseph Leroux. „Langsam!", brummte Grenoilt. „Wissen wir denn, ob er nicht einfach einen Herzinfarkt hatte, gestürzt ist und das war's?" „Aber woher kommen dann die Schürfwunden, hä?" „Ja, sie haben natürlich Recht!" Sie stellten das Haus auf den Kopf, untersuchten den Glastisch des Wohnzimmers auf Fingerabdrücke, Schlafzimmer, Küche, nirgendwo Spuren von Gewalteinwirkung, keine Blutstropfen, aber verschiedene Fingerabdrücke im Schlafzimmer, an der Bettkante andere als am Kleiderschrank, auch im Badezimmer gab es mindestens zwei Sorten. An einer geöffneten Rotweinflasche präsentierten sich ebenso diverse Abdrücke und den Flaschenöffner schienen mehrere Personen benutzt zu haben. Was ihnen seltsam vorkam, waren zwei unversehrte Wassergläser im Abfalleimer. Auf den Gläsern war nicht ein einziger Fingerabdruck zu finden. Joseph Leroux stutzte. „Seid ihr sicher? Nicht einer?" „Nicht einer! Die muss jemand penibel gesäubert haben". In dem geräumigen Badezimmer fanden sie auf einer hübschen, dunkelblauen Schale mit Silberrand diverse Schachteln mit Medikamenten. Neben Kopf- und Halsschmerztabletten entdeckten sie Nefazodon und Diltiazem. Und ganz zu unters versteckten sich auch die blauen Pillen, zu denen ältere Männer manchmal greifen. „Oh lala, ein ganz netter Cocktail", bemerkte Lieutenant Leroux. „Vielleicht kann uns der Doc gleich erklären, wozu man die braucht. Außer den blauen, die kenne sogar ich", sagte er mit leichtem Augenzwinkern. Über das Mobilphone bat er den Gerichtsmediziner, Doktor Letailleur, am L'Amelie vorbei zu kommen. Der Gerichtsmediziner hatte bei dem Toten auch nicht mehr gefunden als sie selbst. Schürfwunden ja, leichte Druckstellen an den Armen. Die konnten vom Schleifen über den Boden stammen. Da der Tote sehr mager war, hätte das jede Frau bewerkstelligen können, so der Gerichtsmediziner. Auf die Frage nach dem Medikamentencocktail, der sich auf der blauen Schale ausbreitete, erläuterte der Doc, dass Nefazodon bei Depressionen verschrieben werde, das Diltiazem bei Herzbeschwerden. Ob das mit dem Tod des Klienten in irgendeiner Weise zu tun habe, könne er frühestens nach der Obduktion wissen. „Aber", fügte er hinzu. „Beide Mittel vertragen sich nicht gut mit großen Mengen an Alkohol." Dann kündigte der Doc an, er würde den Rest des Sonntages gerne mit seiner Familie zubringen. Er verabschiedete sich, ging zu seinem Auto und fuhr davon. „Wir haben doch noch etwas gefunden", rief Grenoilt. Er krabbelte auf allen Vieren auf dem hellgrauen Berberteppich, schnüffelte an den Fasern. „Hier muss etwas drauf getropft sein, vermutlich hochprozentiger Alkohol. Vodka oder Gin würde man nicht riechen, Armagnac oder Cognac schätze ich." „Vielleicht ist das der berühmte Tropfen auf den heißen Stein." Er fand sich selbst sehr witzig und lachte aus vollem Hals. „Man reiche mir eine Pinzette", forderte er seinen Gehilfen auf, zupfte einige Fasern von dem Teppich ab und beförderte sie vorsichtig in eine Tüte. „Ihr könnt mich ja für verrückt erklären, aber ich habe das komische Gefühl, dass dieser Mann nicht ohne fremde Hilfe ins Jenseits gegangen ist", murmelte Leroux halblaut. „Kann sein, kann auch nicht sein", kommentierte Fournier. Grenoilt und der Kameramann zuckten nur mit den Schultern und rollten die Augen zum Himmel. „Habt ihr von allen Türgriffen Abdrücke genommen? Haustür, Außentüren von beiden Seiten?" Fournier starrte ihn wütend an. „Glauben sie, wir sind Stümper? Für wen halten Sie uns eigentlich? Natürlich haben wir das getan. Und wenn Sie großes Glück haben, sind ein paar brauchbare dabei." Joseph Leroux entschuldigte sich. „Ich wollte ihnen weiß Gott nicht zu nahe treten, aber ich frage lieber dreimal. Später haben wir vielleicht eine Chance vertan."

Pierre war von Natur aus ein friedliebender und sanfter Mensch. Ständig bemühte er sich darum, keinem auf die Füße zu treten, und Streitereien jedweder Art vermied er wie der Teufel das Weihwasser. Er konnte es nicht einmal haben, wenn andere in seiner Nähe lautstarke Konflikte austrugen. Entweder verschwand er oder aber er bat die Streithähne, sich schnell wieder zu vertragen. In einem ziemlich katholischen Dörfchen, fünfzig Kilometer nordwestlich des berühmten Klosters Mont Saint Michel aufgewachsen, ging er in seiner Jugend fleißig in die Kirche, betete inbrünstig und befolgte alle Regeln, die der Pastor ihm und seinen Mitschülern im Katechismus-Unterricht predigte. Er genoss es, inmitten einer Gemeinschaft von Gläubigen zu singen und das Ritual der Heiligen Messe zu erleben. Wenn er am Sonntag aus der Kirche kam, fühlte er sich tief innendrin hell und leicht. Beinahe wäre er Messdiener geworden, aber aus ihm unverständlichen Gründen hatte das nicht geklappt. Der Pastor hatte es ihm wortreich auseinander gesetzt, gesagt, er müsse es verstehen, sicher habe ihm seine Großmutter schon einmal erklärt. Aber er verstand kein Wort. Niedergeschlagen war er damals die vier Kilometer von Gavray nach Les Mesnil-Amand zurückgegangen, hatte gegrübelt, aber seine Gedanken hatten sich im Kreis gedreht, immer und immer wieder überlegte er, was seine Großmutter habe erklären sollen. Als er endlich zu Hause ankam, hatte er vergessen, was der Pastor ihm gesagt hatte. Er schämte sich, dass es mit dem Messdienern nicht geklappt hatte und erzählte seiner Mutter, dass er noch etliche Stunden dafür üben müsse. Aber sein Glaube an die Güte der katholischen Kirche hatte einen Knacks bekommen. Er stand kurz vor dem Ende des zweiten Elementarkurses des College La D'auvergne in Rennes und sah den Sommerferien in seiner Heimat entgegen, da zerstörte ein Telegramm seine Vorfreude. Seine Großmutter, die er sehr geliebt hatte, war überraschend gestorben Sie hatte ihn stets wie eine Löwin gegen alle Ungerechtigkeiten verteidigt. Nun konnte er sie nicht mehr fragen. Komisch, dass ihm das auf einmal wieder einfiel. Ganze sechs Jahre hatte er nicht mehr daran gedacht, aber auf einmal hatte er wieder das leicht angeekelte Gesicht des Pastors vor Augen. „Frag' deine Großmutter, warum. Sie wird es schon wissen." Er konnte sich nach wie vor nicht erklären, warum sich in die Aussage des Pastors ein hämischer Unterton eingeschmuggelt hatte. Die Zugfahrt von Rennes nach Villedieu les Poelles dauerte viereinhalb Stunden, er konnte sich viereinhalb Stunden Gedanken machen. Seine Oma war nur 69 Jahre alt geworden. Er rechnete zurück. Sie war 1919 geboren, also direkt nach dem Ersten Weltkrieg. Wo war eigentlich sein Opa geblieben? Bis zum heutigen Tag war er gar nicht auf die Idee gekommen, irgendjemanden aus seiner Familie danach zu fragen. Er lachte bitter in sich hinein. Welche Familie? Irgendwo im fernen Amerika sollte ein Bruder seiner Oma existieren, aber der gehörte eher der Legende als der Realität an. Seine Mutter war das einzige Kind geblieben, nur sein Vater hatte noch zwei Schwestern, die irgendwo am Mittelmeer lebten. Ob die eine eigene Familie hatten, er wusste auch das nicht. Als er nach zweimaligem Umsteigen endlich in Villedieu ankam, wartete seine Mutter auf dem Bahnsteig und nahm ihn in ihrem lindgrünen 2CV mit. „Sie hat glücklicherweise nicht allzu sehr gelitten", versicherte sie ihrem Sohn. „Wieso glücklicherweise", fragte Pierre verwirrt. „Sie hat 1944 schon genug durchgemacht", gab seine Mutter zurück. „Das reicht für ein ganzes Leben." „Was war es? Ich weiß ja von nichts." Er hatte aufgehorcht. Im College stand die Geschichte Frankreichs auf dem Stundenplan, aber sie waren gerade erst bis zum deutsch-französischen Krieg von 1870-71 vorgedrungen. „Ich erzähle es dir später. Wenn alles vorbei ist. Wenn wir Zeit haben für ein Glas Wein." Seine Mutter war mittlerweile in ein schlichtes Haus nach Gavray gezogen. Dort bediente sie im Hotel de la Gare, wo ausgezeichnete Menüs angeboten wurden und Gäste ein Zimmer zum Ausruhen fanden. Sie konnte sich vom Lohn zwar keine großen Sprünge leisten, aber es reichte für ein gebrauchtes Auto und ab und zu für ein neues Kleid. Dank ihrer Aufmerksamkeit und ihrer bescheidenen, herzlichen Art bekam sie von manchen Gästen gutes Trinkgeld. Während der fünfzehnminütigen Fahrt vom Bahnhof nach Gavray schwiegen sie und schaukelten langsam über die D9, bis sie rechts abbogen und über die Brücke den Rathausplatz erreichten. Hier parkte seine Mutter und sie gingen das restliche Stück zu Fuß. „Ich sage es dir lieber gleich", sagte sie mit finsterer Miene. Das Verhärmte in ihrem Gesamtausdruck, die tiefen Falten um ihren Mund herum nahm er zum ersten Mal wahr. „Der Pastor verweigert ihr ein christliches Begräbnis!" „Aber das ist doch unmenschlich!", entfuhr es Pierre. Er fiel aus allen Wolken. Was hatte seine geliebte Großmutter angestellt, dass der Pastor ihr die letzte Ruhe in geweihtem Boden verweigerte. „Mama! Was ist es?" Er fühlte, wie ihm der Boden unter den Füßen weggezogen wurde. Aber er musste sich gedulden, bis seine Mutter sich am späten Abend zu ihm auf das dunkelbraune Sofa setzte, eine Flasche Rotwein entkorkte, zwei Gläser füllte und ihm berichtete, zuerst zögernd, sehr leise, später immer erregter. Zuletzt schrie sie fast, weil sich ihr lang gehegter Zorn und ihre aufgestaute Wut endlich entladen konnten. Ganz zum Schluss, als alles heraus war, liefen ihr die Tränen über das Gesicht und hinterließen salzige Spuren auf ihrem schwarzen Kleid. Sein Opa sei sehr jung in der Schlacht um Dünkirchen gefallen, so dass seine Oma schon mit einundzwanzig Jahren Witwe geworden war. Während der deutschen Besatzung im Zweiten Weltkrieg waren Geld und Lebensmittel in der Normandie immer knapper geworden. Wie viele andere Witwen in ihrem Alter fühlte sie sich irgendwann zu einem deutschen Soldaten hingezogen. Sie war sehr schön, er betete sie an. Er führte sie in Restaurants aus, die sie sich selbst nicht leisten konnte und er besorgte ihr Lebensmittel aus Armeebeständen. So kam eines zum anderen, und eines Tages kam auch ein Kind dazu. Das war sie, seine Mutter. Eines Tages kam der Soldat nicht mehr. Ob er gefallen oder an eine andere Front versetzt worden war, wusste keiner. Dass er eine Tochter hatte, erfuhr er nie. Nach dem 6. Juni 1944, dem sogenannten D-Day, änderte sich alles. Die Alliierten hatten die Franzosen von den Deutschen befreit, aber die Franzosen begannen danach, ihre eigenen Frauen zu verfolgen, die Frauen, die sich mit deutschen Soldaten eingelassen hatten. Seine Großmutter wurde von den direkten Nachbarn denunziert, ihr wurden bei einer kirmesähnlichen Veranstaltung mitten auf dem Marktplatz von Villedieu-les-Poeles öffentlich die Haare geschoren. Danach rissen ihr Bauersfrauen und Heimgekehrte die Kleider vom Leib und bewarfen sie mit faulen Äpfeln und Kuhfladen. Seine Mutter wurde als „l'enfant maudit", („verdammtes Kind") bezeichnet. Jahrelang hatte sich seine Großmutter versteckt, sie war mit ihrer Tochter auf's Land gezogen, aber ihre Geschichte fand geheime Wege, um sich auf dem Dorf zu verbreiten. Auch dort flüsterte man hinter ihrem Rücken über horizontale Kollaboration, wenn sie das Lebensmittelgeschäft verließ oder sich sonntags in der hintersten Bank der Kirche die heilige Messe anhörte. Nicht einmal bei ihrem Begräbnis hatte man ihr verziehen, dass sie einen Mann geliebt hatte, der kein Franzose war. Sie hatte mit einem Fremden das Bett geteilt, ohne vorher die Nachbarn um Erlaubnis zu bitten. Trotz aller Beleidigungen, trotz abfälliger Blicke hatte sie ihre Tochter alleine groß gezogen und war unbeirrt ihren Weg gegangen. „Ich rede mit dem Pastor!", rief Pierre zornentbrannt, nachdem er die ganze Geschichte gehört hatte. Pierre, der Sanfte, war in diesem Augenblick so empört, dass er den Pastor am nächsten Morgen um sechs Uhr in der Frühe aus dem Bett klingelte. Er setzte ihm so gewaltig zu, dass dieser sich um entschied und seiner Großmutter einen Platz auf dem Friedhof neben der Kirche gewährte. Das änderte nichts an der Tatsache, dass Pierres Glaube an die allwissende und gütige Kirche weiter geschrumpft war.

Am späten Nachmittag eines Septembersonntags räkelte sich Pierre voller Wonne auf einer der bequemen, roten Liegen an der Strandbar von Les Trois Digues. Er genoss die freundliche Septembersonne und einen eisgekühlten Vin Blanc. Seine Arbeit als Gärtner auf La Lumière bescherte ihm einen bronzenen Teint im Gesicht, auf Oberarmen und den Beinen. Jetzt pflegte er die Bräune seiner Haut auf Bauch und Rücken. Ihm kam es sehr gelegen, dass sie in unmittelbarer Nähe zur Strandbar Liegebetten aufgestellt hatten. Sich mit Sonnenöl eingerieben im Sand zu drehen wie ein paniertes Schnitzel, das war nicht nach seinem Geschmack, dass hier auch noch ein besonders schmucker Kellner die Getränke brachte, schon eher. Jaques war ihm bereits am ersten Tag der Saison aufgefallen. Unergründliche, dunkle Augen, ein sinnlicher Mund und ein kleiner, fester Hintern. Der flache Bauch, der durch das dünne, weiße Hemd zu erahnen war, weckte in ihm die Sehnsucht nach Hingabe und Zärtlichkeit. Schmachtend sah ihm Pierre nach, wenn sich Jaques an den Liegen vorbeischlängelte, um hier einen kühlen Chardonnay, dort einen Rosé oder eine Portion Pommes frites zu servieren. Er sog das herbe Eau de Toilette ein, das ihn im Vorbeigehen streifte und versuchte herauszufinden, welches es sein könnte. Er fand es in einer Parfümerie in Séte, konnte sich diesen exquisiten Duft aber nicht leisten. Widerwillig rückte die muffige Verkäuferin dennoch eine kleine Probe dieser Marke heraus. Bevor sich Pierre der Strandbar näherte, tupfte er sich jedes Mal schnell einen Tropfen davon hinter sein Ohr und hoffte, Jaques würde es bemerken und ihn daraufhin ansprechen. Aber Jaques zeigte sich nicht besonders interessiert. Er hatte ein paar Mal freundlich mit ihm geplaudert, unverbindlich über seine Trips nach London, New York und Berlin berichtet und besonders von einem Musical geschwärmt, das er in der Komischen Oper in Berlin gesehen hatte. Kiss me Kate unter der Regie von Barry Koskie und Dagmar Manzel in der Hauptrolle hätte er gerne noch einmal gesehen. Wie die Sängerin auf der Bühne herumgewirbelt war und sogar von der obersten Stufe einer irre hohen Leiter herab gesungen hatte, das hatte ihm imponiert. Als er von den vielen gut gebauten Männern schwärmte, die leichtbekleidet über die Bühne schwebten, gab er Pierre sogar augenzwinkernd einen kleinen Klaps auf den Oberarm, aber dabei blieb es im großen und ganzen. Ein paar Male spendierte er Pierre einen Drink, nachdem er bemerkt hatte, dass dieser nicht so gut bei Kasse war. Das hätte ihn den Job kosten können, aber er stellte es geschickt an und winkte ab, als Pierre sich überschwänglich bedanken wollte. Es war noch nicht lange her, da war Pierre ein Licht aufgegangen. Wenn er sich im La Voile Rouge aufhielt, ließ er Jaques nicht aus den Augen. Er beobachtete, was Jaques tat, was er sagte und wie er ging. So entging ihm auch nicht, dass Jaques von einem auf den anderen Moment aufblühte, als spät abends ein älterer Mann mit fast weißen Haaren an der Bar erschien. Es versetzte ihm einen Stich, mit welcher Beharrlichkeit Jaques diesen Mann umgarnte, wie er ihm scheinbar unabsichtlich über den Rücken strich und ihm obendrein einen zarten Kuss auf die Wange hauchte. Pierre versank vor Schmerz beinahe ins Bodenlose, als er mit ansehen musste, wie Jaques nach Feierabend in die schwarze Limousine des Mannes stieg und in die Nacht entschwand.

Als Joseph Leroux sich endlich auf den Weg machte, war der Sonntagnachmittag schon weit fortgeschritten. Bevor er die D613 erreichte, auf der man entweder nach Montagnac oder nach Méze gelangte, fuhr er rechts heran und rief Helene an. „Oh, meinen unermüdlich schuftenden Ehemann gibt es auch noch", hörte er sie leise kichernd sagen. „Schaffst du es, mit mir noch in aller Ruhe einen Aperitif hier in der Bar zu nehmen? Danach können wir nach Méze fahren." „Cherie, warte auf mich. Ich bin schon auf dem Weg und wollte nur wissen, wo du steckst." Er beeilte sich, so gut er konnte. Aber er achtete auch darauf, nicht in die Radarfalle auf der D51 Richtung Marseillan zu geraten. Die Kollegen von der Police Municipale kannten keinen Spaß. Während er im Radio seinen momentanen Lieblingssong „Someone like you" von Adele hörte und laut mitsummte, ging ihm der Fall durch den Kopf. Gegen einen natürlichen Tod sprachen die Schürfwunden, die Reifenspuren, die sie immer noch nicht zuordnen konnten und die gesäuberten Gläser. War das genug, um den Staatsanwalt zu überzeugen? Hatte es jemanden aus dem Umkreis des Designers gegeben, der ihm übel mitspielen wollte? Unter welchem Namen hatte sich der Tote eigentlich bei den Pelzers angemeldet? War er vielleicht inkognito gereist? Wollte sich jemand andem berühmten Verfechter der überschlanken Linie rächen? Joseph Leroux war froh, dass Helene etwas rundlicher gebaut war. Vor einer Frau, die nur aus spitzen Knochen bestand, fürchtete er sich. Eine Zeitlang hatte er sich sehr für Regine interessiert, die in die gleiche Klasse auf dem College gegangen war. Regine war ein As in Mathematik. Sie konnte Gleichungen blitzschnell lösen, rechnete Brüche im Kopf und konnte ihm während gemeinsamer Hausaufgaben glasklar darlegen, welcher inneren Logik die Zahlen folgten. Er musste sich eingestehen, dass er spätestens bei der Differentialgleichung kapitulierte. Er bewunderte eher ihre gleichmäßig geschwungenen Lippen, die Erklärungen, die ihm Ableitungen und Funktionen verständlich machen sollten, blieben nicht länger als ein Atemzug bei ihm hängen. Wenn sie von Kurven sprach, glitten seine Blicke verstohlen über ihren mageren Körper. Früher dachte er, es gehöre sich einfach, nach einer gemeinsamen Übungsstunde ein wenig zu schmusen, aber das gelang ihm nicht. Er konnte sich damals keinen Reim darauf machen. Sie lachte ihn aus, wenn er versuchte, ihr nahe zu kommen. Mit der Zeit hatte er seine Versuche, sie weicher zu stimmen, aufgegeben und irgendwann versiegte sein sexuelles Interesse an ihr ganz. In der Folgezeit ging er allzu dünne Frauen aus dem Weg. Sie weckten in ihm nicht länger das Feuer des Begehrens. Er hatte sich in seinen Gedanken völlig verzettelt. So etwas passierte doch nur Frauen. Er schalt sich selbst ein wenig, entschuldigte das aber, denn heute war Sonntag, da durfte sich das analytische Gehirn ausruhen. Er parkte seinen Peugot auf dem Parkplatz, warf seine Uniformjacke auf den Rücksitz und tauschte das Diensthemd gegen ein legeres weißes T-Shirt aus. Dann entledigte er sich blitzschnell seiner Diensthose und zog stattdessen eine blaue Bermudahose über. Auch die schwarzen Lackschuhe flogen in den Kofferraum und wurden durch Flip-Flops ersetzt. Befreit ging er die wenigen Schritte über den Holzsteg, der über dem Sand direkt zur Bar La Voile Rouge führte. Kaum hatte er die Bretterbude betreten, umfing ihn die sanfte und eindringliche Musik von Avisha Cohen. Beschwingt suchte er mit seinen Augen die wenigen Tische ab und fand Helene an einem der vorderen, wo sie in einem roten Segeltuchstuhl saß und versonnen auf's Meer schaute. Er machte sich einen Spaß daraus, sich leise anzuschleichen und ihr sanft auf die Schulter zu tippen. „Joseph, glaubst du eigentlich, du könntest mich damit erschrecken? Ich weiß schon seit ein paar Minuten, dass du kommst", gluckste sie.

se anzuschleichen und ihr sanft auf die Schulter zu tippen. „Joseph, glaubst du eigentlich, du könntest mich damit erschrecken? Ich weiß schon seit ein paar Minuten, dass du kommst", gluckste sie.

Montag

Die Gläser aus dem Mülleimer und die Teppichfasern wanderten in das kriminaltechnische Labor in Montpellier. Ziemlich schnell fanden die Chemiker heraus, dass in den Gläsern Gin-Tonic gewesen war. Und ein Hauch von Hydroxybutansäure, von Fachleuten mit GHB abgekürzt, kaum nachweisbar. Der Gerichtsmediziner, Dr. Letailleur, konnte bei der Obduktion nichts dergleichen feststellen. Der Konsum der auch als K.O.Tropfen oder Liquid Ecstasy bekannten Droge sei maximal noch nach acht Stunden im Blut und bis zu zwölf Stunden im Urin nachweisbar. „Lieutenant Leroux, der Mann muss zunächst einen Atemstillstand gehabt haben und ist dann an Herzversagen gestorben", erklärte ihm der Gerichtsmediziner in einem ersten Telefongespräch. Bei den Teppichfasern fand die Spurensicherung ebenfalls winzige Spuren von Gin-Tonic mit einem Anklang von GHB. Über die Dosierung selbst konnten sie nichts sagen. Auffällig war lediglich, dass Gin-Tonic im Languedoc selten getrunken wurde. Laut einer Statistik des vergangenen Jahres tranken die Bewohner am häufigsten Rotwein, Weißwein, Pastis, und neuerdings auch Bier, Gin-Tonic schien die Ausnahme zu sein. ‚Wollte jemand absichtlich den salzigen bis seifigen Geschmack der K.O.Tropfen überdecken, so dass das Opfer nicht gleich Verdacht schöpfte?‘ Lieutenant Leroux schrieb seine Gedanken auf einen großen DIN-A4-Zettel und heftete ihn an die hinter ihm liegende Wand. In Rotwein hätte das Zeug geflockt, den Weißwein hätte es ungenießbar gemacht. Leroux überlegte, wie er weiter vorgehen sollte. Er wählte noch einmal die Nummer von Doktor Letailleur. „Dr. Letailleur, die Spurensicherung hat eine kaum messbare Spur von Hydroxybutansäure identifiziert, was sagt Ihnen das? Ändert das Ihre Diagnose?" Der Arzt musste nicht lange überlegen. „Sehen sie, Lieutenant, unser Mann hat höchstwahrscheinlich regelmäßig Diltiazem genommen. Wenn er gleichzeitig Alkohol konsumiert, ist das schon bedenklich. Wenn ihm aber zusätzlich auch noch K.O.-Tropfen verabreicht werden, führt das fast unweigerlich zum Atemstillstand. Die Kombination aller drei Substanzen ist ihm mit Sicherheit zum Verhängnis geworden." „Haben Sie vielen Dank, Doktor Letailleur." „Für Sie gerne, Lieutenant Leroux. Grüßen Sie Ihre Frau ganz herzlich von mir."

Joseph Leroux begann zu grübeln. Irgendetwas stieß ihm seltsam auf. Er starrte aus dem riesigen Fenster des Büros, das ihm die Pelzers zur Verfügung gestellt hatten. Während er die fünf wohl genährten Enten betrachtete, die gelangweilt auf dem riesigen Teich ihre Bahnen zogen, fiel ihm wieder ein, dass in dem ganzen Haus keinerlei Ausweispapiere des Toten zu finden gewesen waren. In dem Portemonnaie, das sie im Schlafzimmer gefunden hatten, steckten einige Hundert Euro, aber weder eine Bank- noch eine Kreditkarte, geschweige denn ein Ausweis waren vorhanden. Und auch auf dem Portemonnaie waren keinerlei Fingerabdrücke zu entdecken gewesen. Jemand wollte die Identität des Toten auslöschen bzw. seine Identifizierung erschweren. Ob er oder sie bewusst oder unbewusst dazu beigetragen hatte, auch das Leben dieses Menschen zu beenden, Joseph konnte es nicht sagen. Alle waren davon ausgegangen, dass es sich bei dem Bewohner um Jerome Magerbeck handelte. Einer Eingebung folgend begab sich Joseph Leroux in die Rezeption. Mayla telefonierte gerade, beeilte sich aber, ihr Gespräch zu beenden, als sie den Lieutenant sah. „Qui, Monsieur", sagte Mayla und schaute ihn erwartungsvoll an. „Unter welchem Namen hat sich der Herr für den Urlaub angemeldet?" „Einen Augenblick, ich schaue im Computer nach." Mayla suchte eine Weile, dann fand sie die Mail. „Er hat die Mail mit J. Magerbeck unterzeichnet." „Aber wie lautet die Mail-Adresse?" „Oh, die heißt adam.parsley@hastings.net. Komisch, darüber bin ich ja noch nie gestolpert." Mayla fasste sich an den Kopf und starrte auf den Bildschirm. „Wie bezahlen Ihre Gäste Miete für die Wohnungen? Verlangen Sie eine Anzahlung, läuft das über Kreditkarten? Über ein Reisebüro? Eine Agentur?" „Oh, ganz unterschiedlich. Manchmal über eine Agentur, meistens aber buchen die Gäste direkt bei uns und überweisen vorab einen Teilbetrag." „Aha! Können sie herausfinden, wie dieser Herr bezahlt hat und mit welchem Namen?" Mayla druckste ein wenig herum. „Das müssen sie Madame Pelzer fragen. Sie führt die Buchhaltung und hat die Kontobewegungen auf ihrem Account gespeichert. Ich habe keine Zugangsberechtigung für die finanziellen Angelegenheiten." „Ja, und wo finde ich Madame Pelzer? Kann ich sie anrufen?" „Einen Augenblick. Ich rufe sie sofort an", beeilte sich Mayla zu sagen. Wenige Augenblicke später kam Beatrice mit forschen Schritten eine Treppe herunter, die ihre Privatwohnung mit der Rezeption verband. Sie hatte ihre langen, dunkelbraunen Haare unter einem frotteeähnlichen Turban versteckt. „Entschuldigen Sie meinen Aufzug, Lieutenant, aber ich hatte mir gerade eine Kurpackung auf die Haare aufgetragen. Wie kann ich helfen?" Mayla und der Lieutenant trugen ihr abwechselnd vor, worum es ging. „Sekunde", sagte Béatrice, setzte sich an den Computer, rief ihren Account auf und klickte sich durch ihr Buchungsprogramm. „Ich hab's!", rief sie. „Moment noch! Die Zahlungen registriere ich pro Gîte und pro gebuchtem Zeitraum. Ich schaue jetzt nach dem Namen desjenigen, der als Einzahler genannt wurde. Ah, da steht es: Adam Parsley. Komisch, ich dachte, der heißt Jerome Magerbeck. Andererseits, ich bin wohl davon ausgegangen, dass vielleicht sein Agent die Ferien gebucht hat, das kommt schon einmal vor." „Madame Pelzer. Ich denke, wir kommen nicht darum herum, Ihre Gäste zu befragen. Irgendjemand muss doch etwas gesehen haben. Ich brauche möglichst schnell eine Liste. Außerdem erwähnten Sie, dass drei Familien und ein Mann bereits abgereist seien. Auch von denen brauche ich die Namen und die Anschrift." Béatrice seufzte ergeben. Nun war es also so weit. „Herr Kommissar, pardon, ich meinte Lieutenant Leroux. Meinen Sie, es sei hilfreich, wenn ich die Gäste mit einem kurzen Hinweis darauf vorbereite, dass sie bald von der Gendarmerie befragt werden? Ich meine, dann ist der Schock vielleicht nicht so groß." „Aber gnädige Frau! Auf keinen Fall! Es könnte ja denkbar sein, dass einer ihrer Gäste dem Toten beim Sprung ins Jenseits geholfen hat. Ich glaube, unter diesen Umständen ist es ratsam, keinen vorher zu informieren." Béatrice gab sich geschlagen und versprach, binnen einer halben Stunde die gewünschte Liste zusammen zu stellen.

Während Joseph Leroux auf die Liste wartete, versuchte er, sich im Internet Informationen über Hydroxybutansäure zu beschaffen. Er war der Meinung, dass diese Substanz, oft auch kurz GHB genannt, gar nicht mehr im normalen Handel zur Verfügung stand. In den 1990er Jahren hatte sie sich in den USA in größerem Stil als Partydroge ausgebreitet, hauptsächlich in der Nachtklubszene. Nach der Jahrtausendwende war sie auch zunehmend in Europa aufgetaucht. Je nach Dosierung wirkte GHB aufputschend und stimmungsaufhellend. In Österreich verabreichte man die Substanz sogar in Kliniken, um die Entzugserscheinungen bei Alkoholkranken zu lindern. Ab 2002 war GHB jedoch überall verboten, so dass sich die Konsumenten das Zeug auf dem Schwarzmarkt besorgen mussten. Mit wachsendem Interesse fand Leroux bei seinen Recherchen heraus, dass der Chemiker und Pharmakologe Camille Georges Wermut die Droge 1960 im Auftrag der französischen Marine in Toulon synthetisiert hatte. Wie Doktor Letailleur bereits erwähnt hatte, war besonders der Mischkonsum mit anderen Substanzen gefährlich und dazu zählte nicht nur Alkohol sondern auch das bei älteren Männern so beliebte Viagra. Joseph Leroux dachte nach. Für ihn kamen zwei unterschiedliche Szenarien infrage. Erstens, jemand hatte ihm versehentlich zu viel GHB in den Gin-Tonic gemischt, nicht wissend, dass Magerbeck vorher Viagra oder ein Herzmedikament eingeworfen hatte. Oder zweitens, derjenige wusste genau, was er tat und hatte dadurch den Tod absichtlich herbeigeführt. Schwer, das jemandem nachzuweisen. „Hier ist die Liste", unterbrach Béatrice seine Überlegungen. Joseph Leroux warf einen Blick darauf und hatte eine weitere Bitte. „Haben Sie vielleicht auch einen Lageplan von der ganzen Anlage? Das wäre hilfreich, um zu sehen, wer in unmittelbarer Umgebung des L'Amelie gewohnt hat." Auch damit konnte Béatrice dienen. „Warten Sie, sehe ich das richtig, dass der einzelne Herr, der bereits am

Samstag abgereist ist, im Sainte Marie gewohnt hat?" Béatrice stimmte zu. „Richtig. Monsieur Buffo, ein reizender, allein reisender Mann. Ich glaube, er hatte geschäftlich in Marseille zu tun und wollte sich danach ein paar Tage auf unserem schönen Anwesen ausruhen." „Kannten Sie ihn? War er vorher schon einmal hier?" Béatrice schüttelte den Kopf. „Wissen Sie denn sonst etwas von ihm? Hat er sich auffällig benommen?" „Am besten, Sie fragen Sebastian oder Pauline. Ich glaube, er hat sich ein paar Mal mit Sebastian über die Fliesen in der Küche unterhalten. Und Pauline kennt eigentlich alle Gäste, die im Restaurant gespeist haben." Joseph Leroux notierte sich, dass er später auf jeden Fall mit den beiden reden wollte. „Die Leute aus La Galiano?" Beatrice wiegte nachdenklich den Kopf. „Ich glaube nicht, dass sie etwas mit unserem Fall zu tun haben. Er war ein Kinderarzt aus Norddeutschland mit Frau und zwei Kindern. Ebenfalls sehr nette Leute. Er hat mir einen Tipp gegeben, wie ich das Jucken meiner Mückenstiche in den Griff bekomme. In diesem Jahr stechen die wie verrückt und später könnte man sich schier totkratzen. Oh, Verzeihung." Erschrocken hielt sie die Hand vor den Mund. „Das bekommt jetzt alles eine andere Bedeutung." Sie gingen die Liste durch und verglichen die Lage der Wohnungen mit den Gästen. Drei Familien mit noch nicht schulpflichtigen Kindern, vier jüngere Paare, davon zwei Frauen, die das St. Maurice bewohnten. Das befand sich zwei Gîte weiter entfernt vom L'Amelie. Die drei neu angekommenen Ehepaare ließen sie außer Acht. Bevor sie weiter nachforschen konnten, spielte das Mobilphone von Leroux wieder Smoke on the Water". „Ist das auf die Dauer nicht furchtbar nervig?", fragte Béatrice bevor Leroux das Gespräch annahm. Nickend hörte er, was der Staatsanwalt Marc Majory ihm sagte. „Tut mir leid Joseph, dass ich mich erst jetzt melde. Ich war auf einer Fortbildung bei den Kollegen in München. Was gibt es Dringendes?" Joseph schilderte ihm, was sie bis jetzt unternommen hatten und wartete darauf, dass der Staatsanwalt ihm seinen nachträglichen Segen gab. Der hörte sich alles genau an. „Adam Parsley", sagte er nachdenklich. „Ich komme nicht drauf. Mir scheint, ich hätte den Namen schon einmal irgendwo gelesen." Joseph Leroux hörte, wie er nervös mit den Fingern auf seinem Schreibtisch herumtrommelte. „Du sagtest, er habe vorgetäuscht, er sei Jerome Magerbeck? Habt ihr schon mit dem echten Kontakt aufgenommen?" „Wir versuchen zeitgleich, ihn ausfindig zu machen. In Paris scheint er nicht zu sein. Außerdem wissen wir erst seit weniger als einer Stunde, dass es vermutlich nicht der echte ist." „Gut! Ich schaue in meinem Spezialprogramm nach, ob ich dort den Namen Parsley finde. Ansonsten weise ich den Untersuchungsrichter an, euch grünes Licht zu geben. Wenn ich auf Parsley stoße, rufe ich durch." Marc Majory half seinem Freund gerne. Seitdem er in Montpellier arbeitete, hatte er wieder Freude an seinem Beruf. Gleich, nachdem er das Gespräch mit Joseph Leroux beendet hatte, machte er sich auf die Suche nach Adam Parsley.

Bernard Pelzer schlug dem Lieutenant vor, gemeinsam im hauseigenen Restaurant „P'tit Pirate" zu Mittag zu essen. Leroux fuhr normalerweise mittags nach Hause. „Kann meine Frau mitkommen? Wir hatten uns verabredet und ich würde sie ungern versetzen", fragte er schlicht. „Sehr gerne", sagte Bernard Pelzer. Das „P'tit Pirate" gab es schon seit zwanzig Jahren. Es gehörte zu den festen Einrichtungen von La Lumière und hatte schon verschiedenste Meisterköche zur Verzweiflung getrieben. Je nach Geldbeutel und Geschmack der Gäste sollten entweder einfache, herzhafte Gerichte auf prall gefüllten Tellern landen oder es wurden Raffinessen verlangt, erlesen, hübsch angerichtet und übersichtlich auf weißem Porzellan gereicht. Guillaume, der Koch dieser Saison, hatte knapp anderthalb Stunden Zeit, um eine Kleinigkeit für die zusätzlichen Gäste zu zaubern. Er entschied sich für frische Rosmarin-Kartoffeln und ein Ratatouille. Für den Nachtisch fand er im Eisschrank eine ausreichende Menge Orangen-Parfait. Das musste für ein Überraschungs-Menü reichen. Aber er entdeckte auch noch Tomaten, und Mozzarella. Irgendwo versteckt stand ein kleines Töpfchen mit frischem Basilikum, so dass er jeweils ein Caprese anrichten konnte. Helene war beeindruckt von der Schönheit des Anwesens. Sie gehörte schon seit einiger Zeit einer kleinen Gruppe an, die sich mit den Gedanken des Buddhismus auseinander setzten. Sie bemühte sich, im Hier und Jetzt zu leben, was ihr allerdings nicht immer gelang. Grundsätzlich aber war sie bereit, alles anzunehmen, was ihr das Leben brachte. Heute badete sie sich in dem Anblick der Natur und der Fülle, die ihr auf Lumiere entgegen kamen. „Joseph, hier könnten wir glatt Urlaub machen, wenn wir nicht schon in Méze wohnen würden." „Aber natürlich", stimmte er zu. „Am schönsten wäre der Turm, dann könnten wir uns morgens, mittags und abends jeweils auf einer anderen Ebene treffen und nachts die Sterne des Languedoc bewundern." Nach ein paar Schritten fügte er hinzu. „Allerdings nur, wenn ich gleichzeitig zum Commissaire befördert werde." Helene zog einen Flunsch. „Du verstehst wieder einmal überhaupt keinen Spaß", beschwerte sie sich. Sie wusste genau, dass Joseph sämtliche Voraussetzungen für das Amt eines Commissaires fehlten. Er hatte weder ein Staatsexamen in Jura und Informatik geschweige denn in Ingenieurwissenschaften. Die Ecole Nationale supérieur de Police, kurz ESP genannt, hatte er ebenso wenig besucht. „Man darf ja noch träumen", flüsterte sie ihm ins Ohr, während sie gemeinsam von der Rezeption zum Torbogen gingen, vorbei an dem imposanten Turm. Der beherbergte drei Schlafzimmer auf drei Etagen und verfügte über eine Dachterrasse, wo sich die Gäste unbeobachtet sonnen konnten. „Sind das etwa Mimosenbäume", wandte sich Helene an Béatrice. „Woher wissen Sie das?", fragte Béatrice erstaunt. „Oh, ich unterrichte unter anderem Biologie", antwortete Helene. „Wie interessant. Jetzt, wo sie nicht blühen, erkennt sie kaum jemand. Im März verströmen sie einen unglaublichen Duft nach Honig, so dass man stundenlang unter dem Baum stehen und dieses herrliche Aroma einsaugen könnte." Sekunden später blieb Helene erschrocken stehen, als sie mitten in dem kleinen Park hinter einem Wacholder-Strauch einen Mann mit erhobenem Golfschläger erblickte. Dann erkannte sie, dass es sich um eine lebensgroße Kunstfigur handelte und lachte über sich selbst. „Im Alter werde ich immer schreckhafter." Helene lobte die riesigen Palmen in den Holzkübeln, die vor der Terrasse des Restaurants standen. „Sie haben uns in diesem Frühjahr große Sorgen gemacht", bemerkte Sebastian, der neben ihr ging. „Sie hatten sich alle den Phönix-Brandpilz zugezogen. Wir mussten großzügig Blätter wegschneiden und verbrennen, sonst wären sie uns eingegangen." „Ich habe von diesem

Pilz schon gehört. Das wäre wirklich schade gewesen. Sie sind bestimmt mehr als zwei Meter hoch." „Ja, wir brauchten Leitern, um sie anschließend mit einem Pilzmittel zu behandeln", bestätigte Sebastian. Die milde Septemberluft ließ es zu, dass sie draußen auf der Terrasse sitzen konnten. Auch Mariella fühlte sich eingeladen. Sie legte sich zielsicher auf Helene's Füße. Kurze Zeit später musste Helene niesen und ihre Augen begannen zu jucken. „Oh bitte, könnten Sie den Hund veranlassen, sich woanders hinzulegen. Es tut mir sehr leid, aber ich habe eine ausgewachsene Allergie gegen Hundehaare." „Kein Problem", äußerte Béatrice und schnippte mit den Fingern. „Los, Mariella, komm' zu mir." Aber Mariella gehörte zu der Sorte Hunde, die nur das hörten, was sie hören wollten. Sie schaute einmal kurz auf, dann legte sie ihren Kopf erneut auf Helene's Füße. „Okay, wenn es nicht anders geht." Béatrice stand auf, packte Mariella am Halsband und brachte sie zurück ins Wohnhaus der Pelzers.

Da Pauline ihren Dienst erst später antrat, fragte Bernard selbst, was seine Gäste zum Essen trinken wollten. Alle wünschten vorab einen kleinen Ballon Rouge, nur Helene winkte ab und bat um ein Mineralwasser. „Haben Sie sich nicht gewundert, dass eine so bekannte Persönlichkeit ohne jeglichen Bodyguard hier Quartier nimmt?", wandte sich Helene an Bernard, nachdem er die Getränke serviert und neben ihr Platz genommen hatte. „Eigentlich nicht", sagte er schnell. „Wir hatten ja bereits in- und ausländische Minister zu Gast. Manchmal wurden die Gîtes vorab auf Wanzen oder Bomben untersucht, aber das war's dann auch. Wir gehen davon aus, dass auch Prominente die

Abwechslung lieben und sich nicht immer nur auf ihren eigenen Landsitzen verstecken, außer sie heißen Brangelina." Helene zog fragend die Augenbrauen hoch. „Naja, die haben irgendwo in der Provence ein riesiges Anwesen, wo sie mehrmals im Jahr sind. Sie machen niemals woanders Urlaub und werden von einer Schar Bodyguards bewacht. Ich glaube, nicht einmal unser Staatspräsident wird so hermetisch abgeschirmt wie die beiden mit ihren Kindern." „Entschuldigung, aber ich weiß immer noch nicht, von wem sie sprechen." „Brad Pitt und Angelina Jolie!", erklärte Mayla, die links neben ihr saß. „Ach so". Helene rollte mit den Augen. „Für die Klatschpresse fehlt mir einfach die Zeit." „Haben die Männer von der Spurensicherung eigentlich die Rotweingläser aus dem Golfhäuschen eingepackt?", unterbrach Sebastian das Geplauder. „Doch, doch, das haben sie", beruhigte ihn Joseph Leroux. Nachdem sie das köstlich fruchtige Caprese genossen hatten, beugte sich Joseph Leroux zu Sebastian und fragte leise. „Sie haben Monsieur Buffo näher kennen gelernt?" „Ich habe mich ein paar Mal mit ihm unterhalten. Er war sehr interessiert an unserer Art, die Fensterrahmen aus naturbelassenem Eisen zu gestalten. Sie müssen dazu wissen, dass wir sie selbst nach unseren Maßen geschnitten und geschweißt haben." Anerkennend pfiff Joseph leise, fragte dann aber: „Machte er einen, wie soll ich sagen, normalen Eindruck auf Sie?" Sebastian dachte einen Augenblick nach. „Na ja", sagte er vorsichtig. „Ich glaube, dass er ein bisschen versuchte, die Lage zu sondieren." Sebastian lachte leise und mache eine sexy anmutende Hüftbewegung. „Als ich ihm von meiner Frau Rosanne erzählte, rückte er schnell von mir ab. Er machte einen sehr gebildeten und gepflegten Eindruck, das fiel mir besonders an seinem ausgewählten Sprachschatz auf." „Hatten Sie denn auch den Eindruck, dass sich die Herren Buffo und Magerbeck, pardon wahrscheinlich Adam Parsley kannten?" „Das ist eine heikle Frage", sagte Sebastian und lehnte sich in seinem Stuhl zurück. „Ich glaube, sie kannten sich, aber dies ist nur eine Vermutung. Ich könnte keine Einzelheiten dafür benennen, verstehen Sie?" Joseph Leroux verstand. „Haben Sie eine Ahnung, was er in Marseille gemacht hat?", hakte er nach. „Eigentlich nicht", gab Sebastian zu. „So, wie er mich ausgefragt hat, habe ich angenommen, er sei im Baugeschäft tätig. Wie ein Drogendealer sah er nicht gerade aus, aber das heißt ja nichts. Es steht ihnen ja nicht ins Gesicht geschrieben." Joseph Leroux nahm einen Bissen von dem pikanten Ratatouille, als Sebastian ihn aufgeregt anstieß. „Jetzt fällt mir etwas ein!" „Ich habe die Herren Buffo und Parsley ziemlich undeutlich und von weitem gesehen, als sie am späteren Nachmittag in Richtung des Golfübungsgeländes gegangen sind. Von der Größe her, von der Art, wie sie gingen, sie könnten es gewesen sein. Aber, wie gesagt, es dämmerte bereits stark und ich bin mir nicht zu hundert Prozent sicher." „Wann war das?", fragte Leroux gespannt. „Ich glaube, das war am Dienstag." „Könnten die beiden auch zu dem Häuschen am Golfplatz gegangen sein?" „Das wäre die Richtung, ja", bestätigte Sebastian. Der Lieutenant genoss gerade seinen letzten Löffel Orangen-Parfait, als das Mobilphone sich meldete. „Ich hätte es abschalten sollen", knurrte er. Nach dem Essen hätte er sich gerne für eine viertel Stunde auf's Ohr gelegt, aber dazu fehlte ihm hier ohnehin die Gelegenheit. Ein Blick auf das Display wirkte jedoch stärker als ein doppelter Espresso. Es war Marc.

Staatsanwalt Marc Majory, ungefähr im gleichen Alter wie Leroux, galt als zupackend und äußerst gewissenhaft. Er hatte lange Jahre in Marseille gearbeitet und sich dort mit der Drogenmafia angelegt. Er war maßgeblich an der Zerschlagung eines Drogenrings im berüchtigten Viertel La Castellane beteiligt gewesen. Unter seiner Leitung verhafteten die Kollegen bei einer Großrazzia führende Männer des Schmugglerringes „Place du Mérou". Insgesamt beschlagnahmten sie in den letzten zwei Jahren 1,8 Tonnen Cannabis, 102 Kilogramm Cocain und 216 Schusswaffen. Bei einem Schusswechsel Anfang des letzten Jahres hatte Majory wie durch ein Wunder überlebt. Nach und nach fand man heraus, dass die damaligen Schützen in München von der französischen Mafia angeheuert worden waren. Bei den Killern hatte es sich um Männer aus dem Kosovo gehandelt, die mit Kalaschnikows hantierten als handele es sich um Spielzeugwaffen. Ihm war der Boden unter den Füßen zu heiß geworden, denn er wollte gerne erleben, wie seine beiden Kinder Marlene und Christian das Erwachsenenalter erreichten. Kurz nach der Schießerei hatte er seine Versetzung in die etwas ruhigere Stadt Montpellier beantragt. Er sah seine Kinder nur alle vierzehn Tage an den Wochenenden, aber das konnte er jetzt endlich so richtig genießen. Sein Schreibtisch war zwar ebenso gut gefüllt wie in Marseille, aber in Montpellier ging es wesentlich unaufgeregter zu. Marc Majory hatte Neuigkeiten.

„Kein Wunder, dass alle glaubten, der berühmte Jerome Magerbeck sei im Languedoc abgestiegen", begann Marc Majory süffisant. „Sein Leben lang ist Adam Parsley gerne in verschiedene Identitäten geschlüpft. Wenn ihm nun gerade das zum Verhängnis geworden wäre, das wäre wirklich absurd. Adam Parsley hat vor Jahren drüben in England ein paar reiche Kids ziemlich übel abgezockt. Hast du jemals etwas von dem ‚Brat Pack Boys Club‘ gehört?“ „Da muss ich passen“, erwiderte Leroux und zuckte mit den Schultern, obwohl der Staatsanwalt das nicht sehen konnte. „Na, ich kann dir das nicht alles am Telefon auseinander klamüsern. Das holen wir bei passender Gelegenheit nach. Tatsache ist, dass euer Adam Parsley wirklich existiert, existiert hat, und beileibe kein unbeschriebenes Blatt ist, im Gegenteil. Er war seinerzeit ziemlich ausgebufft darin, Ängste und Sehnsüchte seiner Mitmenschen zu erforschen und dann schamlos auszunutzen.“ „Du machst mich neugierig. Was hat er denn angestellt?“ „Oh, er hat zuerst einige Jahre kräftig bei Warentermingeschäften mitgemischt und dabei ein paar Millionen Dollar in den Sand gesetzt. Ein paar Anleger mit nicht ganz so dickem Finanzpolster sind auf der Strecke geblieben. Später hat er das gleiche wiederholt, aber in noch größerem Stil. Und er hat noch mehr Leute hereingelegt.“ „Ja, aber was hat das Ganze mit den Verkleidungen zu tun?“ Lag es an dem reichlichen Mittagessen, aber Joseph war im Augenblick schwer von Begriff, jedenfalls meinte er das von sich selbst. „Das liegt in der Biografie Parsleys begründet. Er hat sich in seiner Jugend intensiv in der Schwulenszene in London bewegt. Dort muss er einen Hang dazu entwickelt haben, sich als jemand anderes auszugeben. In seiner Akte steht jedenfalls, dass er mal als Mick Jagger, mal als Rod Stewart in irgendwelchen Clubs erschienen sein soll. Belegt ist, dass er auch versucht hat, sich an einen bekannten Filmschauspieler heranzuschmeißen. Der hat ihn allerdings abblitzen lassen

90

und aus seinem Club herausgeworfen." „Meine Fresse", brach es aus Joseph Leroux hinaus. „Da hat man uns aber einen heißen Brocken ins Haus geschleppt." „Kann man wohl sagen", gab Marc zurück. „Aber jetzt muss ich mich meinem Aktenberg widmen. Vielleicht können wir uns am Mittwoch- oder Donnerstagabend am Hafen auf ein Glas Wein treffen?" „Auf jeden Fall", sagte Joseph und verabschiedete sich.

Pierre widmete sich verbissen der neu anzulegenden Kräuterspirale. Der Koch hatte ihn vor ein paar Tagen darum gebeten. Nun lenkte er sich ab und versuchte, sich einzig und allein auf diese Aufgabe zu konzentrieren. Natürlich bekam er mit, dass die Gendarmerie auf La Lumière ein und aus ging. Er sah, dass ein Uniformierter mit den Pelzers zum Restaurant marschierte. Und aus einem Augenwinkel heraus beobachtete er Sebastian und Mayla im Schlepptau der Pelzers. „Dieses dämliche Arschloch", schoss es ihm durch den Kopf. „Hör auf damit. Er ist tot. Aus die Maus!", hämmerte ihm eine andere Stimme ein. Wie überheblich dieser Magerbeck gewesen war. Wie herablassend. Er schleppte Bruchsteine herbei und legte sie sich zurecht. Er hatte sie von einem Haufen geholt, der sich in der Nähe der Stelle befand, wo sie den Toten entdeckt hatten. Für die Kräuterspirale hatte er sich einen Plan zurecht gelegt. Im Internet fand man für fast alles einen Plan. Sein Drucker hatte die Ränder abgeschnitten und die Maße schienen ihm verrutscht. Nun schaute er auf das Blatt Papier und versuchte, sich ein Bild zu machen, die Skizze auf den vorhandenen Boden neben dem Restaurants zu übertragen. Die Idee war, dass Guillaume die Kräuter problemlos erreichen konnte, gleichzeitig sollte sie aber auch ein Blickfang für die Gäste werden. „Schön wäre es, wenn Sie Kräuter pflanzen könnten, die ein ansprechendes Aroma verströmen würden. Es wäre gut, solche zu nehmen, die den Geschmack anregen", hatte Béatrice sich gewünscht. „Typisch", dachte Pierre. Aber die Fortsetzung des Satzes verbot er sich. Béatrice war seine Arbeitgeberin. Laut sagte er: „Na, dann darf Lavendel auf keinen Fall in der Nähe des Restaurants stehen." „Warum?", fragte Béatrice erstaunt. „Weil bereits ein oder zwei Tropfen Lavendelöl, fünfzehn Minuten vor dem Essen eingenommen den Appetit drastisch reduzieren." „Oh, wenn das so ist, werde ich mir gleich mal ein Fläschchen besorgen", sagte Béatrice. Bernard Pelzer wünschte sich einen kleinen Teich am Fuße der Spirale. Vielleicht könnten einige Goldfische dort herumschwimmen. „Oder ein Frosch quaken?", ergänzte Pierre in Gedanken. Während er das Gemisch aus Sand, Schotter, Erde und Substrat einbrachte, schweiften Pierres Gedanken ab. Am Dienstagmorgen hatte er pflichtgemäß die frisch gepflanzten Oleander- und Rosmarinbüsche rund um das L'Amelie wässern wollen. Kurze Zeit darauf war der feine Herr am Schlafzimmerfenster erschienen. „Muss dieser Krach am frühen Morgen sein?!", hatte er gebrüllt. „Du störst meine Nachtruhe, Bursche!" Dabei hatte er eine wegwerfende Handbewegung gemacht. Es war zehn Uhr morgens gewesen. „Idiot", stieß Pierre zwischen den Zähnen hervor und schmiss eine Schüppe Erde-Sand-Gemisch auf die Zwischenräume der wachsenden Spirale.

Normalerweise vermied es Pauline, an den Strand zu gehen. An den Hauptstrand von Marseillan brachten sie keine zehn Pferde. Die Zeit, wo sie gerne am Wasser entlang ging und sich den Wind um die Ohren blasen ließ, begann für sie frühestens im November, wenn sich kein Tourist mehr blicken ließ. Für ihre beste Freundin Charlotte, die für ein paar Tage aus Lyon hergekommen war, machte sie eine Ausnahme. Sie musste frühestens um siebzehn Uhr auf La Lumière sein, deswegen fuhren sie jetzt in ihrem klapprigen Peugeot Richtung Sete. Unterwegs sangen sie zusammen Beatles-Lieder. Das hatten sie auch früher schon gerne getan, als sie noch gemeinsam zum College gegangen waren. Als sie am Parkplatz von Des trois Digues aus dem Peugeot stiegen, hörten sie zunächst diffuses, aber deutliches Gezwitscher. „Schau! Dort drüben". Pauline wies auf eine Ansammlung von mehreren hundert Vögeln. Sie saßen ordentlich nebeneinander aufgereiht auf den Stromleitungen, die neben der Eisenbahnlinie herliefen. „Was mögen das für Vögel sein?", fragte Charlotte. Aber Pauline konnte zunächst gar nicht antworten. Ein Güterzug mit Hunderten verpackter Personenkraftwagen einer bekannten deutschen Automarke rauschte vorbei. „Na, die können sie doch gleich wieder zurückschicken", lästerte Pauline. „Vor Jahren kam ich einmal auf die verrückte Idee, mir einen Beetle zu kaufen. Damals hatte ich eine Liaison in Hannover. In einem Autohaus am Ort bin ich dermaßen arrogant abgekanzelt worden, dass für mich der Kauf eines Volkswagens für alle Zeiten erledigt war." „Vielleicht können sie diese hier zu einem Sonderpreis verschachern?", ergänzte Charlotte. Eigentlich interessierten sich die beiden Frauen nicht im Geringsten für Automobile. Das Phänomen der in den Süden fliegenden Vögel beschäftigte sie in diesem Augenblick weitaus mehr. Der ganze Schwarm war beim Herannahen des Zuges aufgeflogen und hatte sich in alle Himmelsrichtungen verteilt. „Das sind Stare", beschied Pauline. „So, wie die fliegen! Die haben sich bestimmt hier zur Jahreshauptversammlung getroffen. Demnächst ziehen sie weiter. Aber vielleicht müssen sie vorher noch beratschlagen, ob Syrien, Somalia oder Kenia ein sicheres Land ist, oder?" Pauline seufzte. „Der augenblickliche Zustand der Welt ist katastrophal. Soviel Leid, und die, die dafür verantwortlich sind, halten sich vornehm zurück." „Da gebe ich Dir recht", pflichtete Charlotte ihr bei. „Die Amis haben schon 1953 damit angefangen und den Schah in Persien eingesetzt. Seitdem ist die arabische Welt durcheinander geraten. Und jetzt sind Millionen von Syrern, Afghanen und Somaliern auf der Flucht. Aber lass uns heute von etwas anderem reden." Charlotte hatte ihr Smartphone gezückt, den Zoom eingestellt und ging am Straßenrand ein Stück zurück. „Warte einen Augenblick", sagte sie zu Pauline. Ich versuche, ob ich die gescheit aufs Bild bekomme". Sie überquerte die Straße und stellte sich mitten auf eine grasbewachsene Verkehrsinsel. Dann schaute sie auf das Display und hielt es so, dass zwei Masten und zwei quer laufende Stromleitungen ein perfektes grafisches Muster bildeten. Dann wartete sie, bis die Vögel wieder zurückkamen. Das taten sie. Kaum hatte sich der letzte Waggon des Zuges entfernt, flatterten sie alle wieder herbei. Sie nahmen Platz, zwitscherten laut und unbeirrt weiter, als sei nichts gewesen. Charlotte hatte ihre helle Freude an dem Schauspiel. „Ich glaube, das sind alles Weibchen, so, wie die schnattern." Pauline lachte fröhlich. „Sag' das nicht so laut! Wenn Dir gleich eine Hardliner Feministin über den Weg rennt, bist du geliefert." „Huhu! Ich fürchte mich ganz doll", kicherte Charlotte, hielt die Hand theatralisch vor den Mund und mimte ein zu Tode erschrockenes Püppchen. „Trinken wir zuerst einen Kaffee?", schlug Pauline vor. „Das ist genau nach meinem Geschmack", stimmte Charlotte zu. Gemeinsam betraten sie das La Voile Rouge, das sich direkt hinter dem kleinen Sandwall in die Dünen schmiegte. Schnell wurden sie sich einig und suchten einen Tisch auf der rechten Seite aus. Dort hielt eine weiß gestrichene Bretterwand den Wind ab. „Sie wünschen bitte?" „Sie kenne ich doch!", entfuhr es Pauline. Sie hatte es eine Spur lauter gesagt, als sie beabsichtigt hatte. Sofort war es ihr peinlich, vor allem, als der außerordentlich schöne junge Mann sie erstaunt anschaute. Pauline sah ihm an, dass er sich nicht mehr an sie erinnerte. „Sie waren vor ein paar Tagen spätabends auf einen Drink im P'tit Pirate", plapperte Pauline aufgeregt. „Pardon?" Der schöne Mann schnallte es nicht. „So heißt das kleine Restaurant mit seiner Bar auf La Lumière, das Feriendomizil zwischen Meze und Montagnac. Ich arbeite dort abends und habe Sie bedient." „Ach ja, jetzt fällt es mir wieder ein. Was darf ich den Damen bringen?" Er lächelte leicht abweisend. Ganz offensichtlich wollte er das Wortgeplänkel nicht vertiefen. Sie bestellten Kaffee mit viel Milch. Als der schöne Kellner sich entfernt hatte, machte Pauline ihrer Enttäuschung Luft. „Ist doch echt kacke", motzte sie. „Warum regst du dich so auf?", fragte Charlotte. „Ich komme mir vor, als hätte ich ihm das Hemd ausgezogen oder ihn begrapscht." „Verstehe ich nicht. Woraus schließt du das?" Sie holte eine Tube Sonnencreme aus ihrer Tasche und präparierte ihr Gesicht. „Hast du nicht gesehen, wie der geguckt hat? Ich konnte in seinen Augen lesen ,Was will die alte Schachtel von mir'." Pauline kam immer mehr in Fahrt, beinahe hätte sie sich in eine Hitzewelle hineingesteigert. „Ein dreiundsiebzigjähriger mit Wampe und einem Gesicht wie eine Schildkröte darf einer Dreißigjährigen schöne Augen machen, ohne dass irgendjemand daran Anstoß nimmt. Im Gegenteil, die Frau fühlt sich noch gebauchpinselt." „Aber nur, wenn der dazugehörige Lamborghini vor der Tür steht und er ein dickes Portemonnaie in der Hosentasche hat", ergänzte Charlotte. „Und in dem Portemonnaie keine Papierschnitzel sind." „Wenn es mal keine Hasenpfote ist, die sich in der Tasche verirrt hat..." „Und der Lamborghini nur geleast ist." Vergnügt kichernd steckten sie sich zur Feier des Tages eine Zigarette an und bliesen Rauch in die Luft. „Im Ernst, ich kapiere überhaupt nicht, warum sich junge Frauen mit so alten Säcken einlassen!", echauffierte sich Pauline. „Vaterkomplex!", echote Charlotte. Ein älterer Kellner brachte ihnen den Kaffee und wunderte sich, dass die beiden Frauen am helllichten Tag in einer solch ausgelassenen Stimmung waren. „Oh! Hatte der Kollege einen Nervenzusammenbruch?", fragte Charlotte ironisch. Irritiert antwortete der Kollege: „Jaques? Nein, der ist eine Zigarette rauchen gegangen."

Als Pauline am späten Nachmittag ihre schwarze Kellnerschürze hinter dem Tresen des P'tit Pirate hervorholte, hatte sie den schönen Jaques bereits vergessen. Erst kurz vor dem Ende ihrer Schicht fiel ihr die Begegnung wieder ein. Sie berichtete Béatrice davon, als sie ein weiteres Viertelchen an den Tisch brachte, an dem sich Béatrice mit den Brackmanns unterhielt. „Das musst du unbedingt dem Commissaire berichten", sagte Béatrice aufgeregt. „Lieutenant", verbesserte Pauline. „Meinetwegen. Aber vielleicht gibt es einen Zusammenhang. Wir können es nicht wissen! Man hat ja schon oft gehört, dass Kriminalfälle nicht aufgeklärt wurden, weil wichtige Zeugen geschwiegen haben." „Schon gut. Ich werde dem Lieutenant alles haarklein erzählen", sagte Pauline und spülte die letzten Gläser.

Dienstag

Am Dienstagvormittag stockten die Ermittlungen von Joseph Leroux. Die Befragung der Gäste hatte bisher wenig ergeben. Die meisten von ihnen waren so mit sich selbst und ihrer Erholung beschäftigt, dass einige nicht einmal sagen konnten, wer direkt neben ihnen wohnte. Das sei ungewöhnlich, betonte Béatrice. Im Sommer würden die Gäste untereinander sehr viel mehr Kontakt knüpfen, gemeinsam Boule oder Volleyball spielen. Am Nachmittag wollte Leroux die beiden Damen Miller befragen. Sie waren am Montag früh Richtung Perpignan aufgebrochen und wollten erst am späten Abend wieder kommen. Béatrice wusste das, weil sich eine der beiden einen Prospekt über die weiter südlich gelegene Stadt ausgeliehen hatte. „Die beiden Damen bewegen sich sehr diskret“, erklärte Béatrice. „Ich glaube fast, dass ich eine der beiden schon einmal im Fernsehen gesehen habe, aber ich bin mir nicht sicher. Sie stand nur ein einziges Mal in meiner Nähe und da war sie ungeschminkt und trug einen ausgeleierten Pullover und Leggins.“ „Eine Schauspielerin also?“, fragte Leroux. „Ich weiß es nicht. Ich habe auch schon in meinen Unterlagen nachgesehen. Das Gîte hat die andere auf den Namen Michelle Miller gebucht, aber den Namen kann ich mit keiner bekannten Frau verbinden. Aber so, wie die sich gegenüber der anderen verhält, das ist schon echt komisch.“ „Wieso?“, hakte Leroux nach und heftete seinen Blick gebannt auf Béatrice. „Sie lässt keinen Kontakt mit ihrer Freundin oder Schwester oder Kollegin zu. Sie scheint alles für diese zu regeln. Wie gesagt, ich habe sie nur ein einziges Mal von nahem gesehen. Einmal konnte ich wohl aus der Ferne beobachten, wie sie auf dem Trampolin herum sprang. Aber auch sonst, die Dame Miller kommt mir spanisch vor, undurchsichtig, irgendwie nicht greifbar." „Na, ich werde heute Nachmittag hoffentlich mehr herausfinden", äußerte Leroux.

Mittags hatte er sich mit seiner Frau Helene in Marseillan zum Essen verabredet. Sie aßen in der Taverne du Port eine Kleinigkeit. Die Meeresfrüchteplatte schmeckte ausgezeichnet, die Freundlichkeit der Besitzerin hielt sich in Grenzen. „Wie geht es mit Deinem Fall auf La Lumière voran?", fragte Helene interessiert. „Wir stochern ziemlich im Nebel", antwortete Joseph. „Es besteht der Verdacht, dass seinem Ableben nachgeholfen wurde. Wenn ihn jemand gut kannte und wusste, dass er eines der Mittel genommen hat, die sich auf keinen Fall mit GHB vertragen, hatte der leichtes Spiel. Andererseits, er hat sich ja kaum blicken lassen. Da musste jemand wissen, welchen Knopf er drücken musste, damit er überhaupt die Tür aufgemacht hat. Oder jemand hatte gar keine Ahnung, wollte ihm vielleicht nur eins auswischen und hat ihn aus Versehen umgebracht. Es gibt ziemlich viele, lose Enden." Joseph seufzte. „Meinst du nicht, ein Konkurrent könnte ihn aus dem Weg geräumt haben?" „Kann sein", sagte Joseph lakonisch. „Oder eine enttäuschte Geliebte?" „Geht nicht! Er stand auf Männer!" „Dann eben ein enttäuschter Liebhaber." „Mmmh..." „Es fehlten keine Wertsachen? Kein Geld? Kein Schlüssel zu einem Schließfach?" „Woher sollen wir wissen, ob er ein Schließfach hatte. Sonst noch eine Idee?" „Im Moment nicht." „Gut, dann lass uns ein paar Austern schlürfen", sagte Joseph und grinste frivol. „Oh! Gerade fällt mir noch etwas ein." Fast hätte Helene es vergessen. „Wer von Euch hat denn die Presse informiert?" „Die Presse?" Joseph schaute seine Frau entgeistert an. „In der Midi Libre stand jeweils ein Fünfzeiler. Ein Toter sei auf dem Gelände einer Urlaubsdomäne zwischen Méze und Montagnac gefunden worden." „Ach du großer Gott. Hoffen wir, dass die überörtliche Presse gerade genug mit Syrien, Putin und den rechtsradikalen Affen beschäftigt ist. Sie haben doch keine Namen genannt?" Helene hob nur ansatzweise die Augenbrauen, aber Joseph wusste sofort, was das bedeutete. Er goss sich ein weiteres Glas Weißwein ein. „Adam Parsley?" „Richtig! Adam Parsley!" In Gedanken versunken schlürften sie die Austern, nahmen anschließend noch ein paar Bissen vom Salat Nicoise und verabschiedeten sich nach einem kleinen Cafe.

Gegen drei Uhr traf Joseph wieder auf La Lumière ein und bekam von Béatrice einen weiteren Espresso. Statt ihn zu genießen, kippte er ihn gedankenlos hinunter und fragte aufgebracht. „Haben Sie eine Ahnung, wer die Presse informiert haben könnte?" „Die Presse?", echote Béatrice entsetzt. „Meine Frau Helene sah einen Kurzbericht in der Midi Libre. Mit vollem Namen des Toten und mit einer Anspielung, wo er gefunden wurde." Béatrice regte sich auf. „Das kann nur eine unserer Mitarbeiterinnen gewesen sein oder der Ehemann." Dass ein Gast sich in der Öffentlichkeit verplaudert hätte, mochte sie nicht glauben. „Egal", winkte Joseph ab. „Ich muss mich jetzt auf das Gespräch mit den Damen Miller konzentrieren. Die sollten jeden Augenblick hierher kommen." „Gut, ich lasse Sie jetzt allein", sagte Béatrice und zog sich zurück.

Die Damen Miller erschienen um zwanzig Minuten nach drei Uhr. „Wir haben uns verschlafen, entschuldigen Sie bitte unsere Verspätung." Ihre Stimme klang nicht so, als ob sie sich wirklich entschuldigen wollte. Joseph ließ sich Zeit und musterte die Frauen unauffällig, während er sie bat, auf den schwarz gepolsterten Stühlen Platz zu nehmen. Die ältere Frau stellte sich als Michelle Miller vor. Ihre grau und braun gesträhnten Haare hatte sie streng aus der Stirn gekämmt und mit Gel zusätzlich gebändigt. Ihre dunklen Augen blickten ihn kühl hinter einer eleganten Hornbrille an. Wahrscheinlich Persol mutmaßte Joseph. Dass er sich als Mann überhaupt mit Brillengestellen auskannte, verdankte er seiner Frau Helene. Wenn andere Frauen sich alle zwei Jahre eine neue Handtasche zulegten, kaufte sie sich ein neues Brillengestell und schleppte ihn mit. Er musste dann begutachten, ob ihr die Brille stand. Auf ihre Lippen hatte Michelle nur ein wenig korallenrotes Lipgloss aufgetragen. Zu einer weichen, hellbraunen Leinenhose trug sie ein kurzes, schwarzes Seidentop ohne Ärmel. Ihre relativ knochigen Füße steckten in schwarzen Ledersandalen. Ihre Begleiterin, deren Namen Joseph beim ersten Mal nicht verstand, weil sie ihn fast flüsterte, entpuppte sich als Lisette Lalande. „Sie sind doch nicht...?" „Doch, sie ist es!", fiel Michelle ihm harsch ins Wort. „Einen Augenblick, Miss Miller!", fuhr Joseph sie an. „Auch wenn Sie sich sonst als Sprachrohr für Ihre Freundin ausgeben, hier bestimme ich die Spielregeln." Sein Blick wies Michelle unmissverständlich in ihre Schranken. Er hatte Lisette Lalande schon einmal auf der Bühne in der Provence gesehen als sie noch ziemlich unbekannt war. „Sind Sie nicht vor zehn Jahren in einem kleinen Club in Avignon aufgetreten?" „Sie haben mich damals singen gehört?", staunte Lisette. „Ich bin als Vertretung eingesprungen. Das ist aber wirklich schon etwas her. Dass Sie sich daran noch erinnern." „Oh ja", schwärmte Joseph Leroux. „Wir haben seinerzeit zufällig meinen Cousin besucht und waren nach dem Abendessen im AJMI Jazz Club. Anfangs waren wir ziemlich enttäuscht, weil der Star des Abends plötzlich wegen einer Stimmbandentzündung absagen musste. Aber dann kamen Sie und haben uns alle vom Hocker gerissen." „Oh danke, das höre ich natürlich sehr gern", sagte Lisette und warf einen Seitenblick auf Michelle, die den Lieutenant misstrauisch beäugte. Lisette hatte sich nicht sonderlich zurechtgemacht. Da sie bei ihren Auftritten völlig durchgestylt war, verzichtete sie im Urlaub auf jegliches Makeup. Ihre honigblonden Haare hatte sie zu einem losen Pferdeschwanz zusammen gebunden. Wieder hüllte sie sich in einen weiten dunkelblauen Nikki-Pullover, der ihr bis fast zu den Knien reichte. Aus einer weißen Dreiviertelhose lugten noch zwei braun gebrannte Waden hervor und lediglich die knallroten Riemchensandaletten bildeten einen Farbtupfer im gesamten Erscheinungsbild der berühmten Sängerin.

„Können wir jetzt endlich mit den Fragen anfangen", fragte Michelle leicht genervt. Ihr war nicht entgangen, wie aufmerksam der uniformierte Mann sie beide gemustert hatte. Insgeheim fand sie dies genaue Hinschauen erstaunlich. Bisher hatte sie sich immer gefragt, ob die Gendarmen, schwer bewaffnet mit Maschinengewehren, jemals einen geschickt getarnten Attentäter bemerken würden. Sie flanierten oft mit gleichgültigen, zum Teil dumpfen Mienen auf allen größeren Bahnhöfe in Frankreich.

Sie wünschte sich, dass alle Bewacher und Beschützer ein Gespür für den Unterschied von zivilisierten Menschen und Terroristen entwickeln würden. Besonders an Flughäfen widerte es sie an, dass unterschiedslos jede Nagelschere und jedes überschüssige Gramm Zuviel an Haargel entfernt oder sogar vernichtet wurde. „Darf ich Sie zunächst fragen, in welcher Beziehung Sie zueinander stehen?", begann Joseph. Er bemühte sich, einen neutralen Ton anzuschlagen. „Sie ist meine....", begann Lisette zögernd. „Freundin!", fiel ihr Michelle ins Wort. Joseph ließ sich nicht beirren und schaute Lisette fest an. „Und Agentin", fügte diese hinzu. Joseph notierte etwas auf seinem Notizblock und ließ sich absichtlich Zeit. „Kannten Sie Jerome Magerbeck?", fragte Leroux scheinbar beiläufig. Heute waren seine Augen von einem undurchdringlichen Grau. „Sie meinen persönlich?" Leroux hatte den Eindruck, als habe sich ein unsichtbarer Vorhang vor Michelles Pupillen gezogen. „Sind Sie ihm hier auf La Lumière begegnet?", hakte er nach. Beide Frauen schwiegen eine Sekunde zu lang. Lisette gab zu: „Ich habe ihn erkannt, als er gerade ankam. Ich war damals gerade auf dem Trampolin. Ihn hier zu sehen, hat mich ziemlich umgehauen, aber zum Glück ist er mir danach nicht mehr über den Weg gelaufen." „Was war so schlimm an ihm?" Lisette druckste herum. „Haben Sie denn nicht in der Klatschpresse gelesen, wie er sich über mich geäußert hat?" „Nein, das habe ich nicht. Was hat er gesagt?" „Muss ich das wiederholen?" Lisette lächelte gequält. „Das tut doch jetzt gar nicht zur Sache", ereiferte sich Michelle. „Tut es vielleicht doch. Es ist im Übrigen nicht an Ihnen, zu entscheiden, was wichtig ist und was nicht." Joseph war kurz davor, die Befragung getrennt fortzusetzen und das teilte er auch den beiden Frauen mit. Lisette raffte sich auf und sagte leise: „Er hat mich als fette Schnecke bezeichnet, die besser in einem Tonstudio als auf einer Bühne aufgehoben sei." „Das ist ja anmaßend", entfuhr es Joseph unwillkürlich, aber er fand sofort zu seinem normalen Untersuchungston zurück. „Sie sagten, dass sie ihn nur das eine Mal gesehen hätten?" Lisette bekräftigte das mit einem heftigen Nicken. „Nein, denn sonst wäre ich abgereist." „Was ist mit Ihnen, Madame Miller?" „Ich habe Jerome Magerbeck überhaupt nicht gesehen. Lisette war ziemlich aufgelöst, als sie ihn hier auf dem Gelände entdeckt hat und ich musste sie wieder beruhigen. Aber ich glaube, wenn er mir begegnet wäre, hätte ich ihm einmal so richtig in die Eier getreten." Michelle Miller sah ihm fest und geradewegs in die Augen, doch in ihrer Stimme schwang ein leichtes Vibrieren mit, das Leroux stutzen ließ. „Er ist Ihnen auch nicht zufälligerweise in der Stadt oder am Strand aufgefallen?" „Ich sagte doch schon. Wir haben ihn nicht gesehen, weder hier noch sonst irgendwo." „Sagt Ihnen der Name Adam Parsley etwas?" Joseph bemerkte ein winziges Flackern in Michelles Augen. „Wer soll das sein?", entgegnete Michelle kühl. „Das ist derjenige, der sich für Jerome Magerbeck ausgegeben hat". „Dann war das gar nicht der Magerbeck?", rief Lisette verwirrt und sank gegen die Rückenlehne des Stuhls. „Woher wissen Sie das?", fragte Michelle. „Sicher wissen wir das erst, wenn wir seine Fingerabdrücke mit denen in der Datenbank abgeglichen haben. Aber wir gehen davon aus, dass es sich bei dem Toten um Parsley handelt. Also, ich frage Sie noch einmal. Kennen Sie Adam Parsley?" „Nein! Ich kenne ihn nicht." „Und Sie, Madame Lalande?" „Oh nein! Auch wenn ich vor tausenden von Leuten singe, privat kenne ich nur sehr wenige Menschen. Und ein Adam Parley gehört nicht dazu." „Wie lange sind Sie noch hier?", erkundigte sich Joseph Leroux vorsichtig. „Wir bleiben bis zum nächsten Samstag", sagte Lisette schnell, bevor ihr Michelle zuvor kommen konnte. Leroux nickte. „Es kann sein, dass ich Sie noch einmal befragen muss. Aber fürs Erste war's das." Und etwas verlegen schob er eine Bitte nach. „Würden Sie mir wohl ein Autogramm geben?" „Sehr gerne", antwortete Lisette. „Ich werde Ihnen eins an die Rezeption bringen lassen." Sie verabschiedeten sich beide. Lisette gab ihm lächelnd die Hand. Leroux stellte sich an das Fenster zum Hof und sah den beiden nach. Nachdem sie aus der Tür der Rezeption getreten waren, beobachtete er, wie sich die Schultern von Michelle Miller entspannten. Hatte sie etwas zu verbergen?

Wieder hatte er einen furchtbaren Traum. Diesmal starrte ein anderer ihn an, Magerbeck, Adam Parsley, Luciano Pavarotti, die Männer wechselten im Sekundentakt, jetzt war es Elton John. Der wälzte sich am Boden, zuckte mit den Augen, hielt ihn an seinem Fuß fest und röchelte. „Wasser! Gib mir Wasser!" Dann erstarben seine Gesichtszüge. Er wachte auf, stieg aus dem Bett und holte sich aus dem Badezimmer eine weitere Schlaftablette.

Mittwoch

Am Mittwoch verbrachte Leroux die meiste Zeit in seinem Büro. Viel zu viel ungeliebter Schreibkram hatte sich in der Gendarmerie Nationale in Méze angehäuft. Lustlos blätterte er in all den Akten, rief sein Email-Konto auf, in dem sich trotz aller Firewalls ein Haufen Spams befand. Zwischendurch dachte er an das Abendessen mit Marc Majory, der ihm Informationen über Adam Parsley versprochen hatte. Welcher Mensch hatte sich hinter Parsley versteckt? Um kurz nach achtzehn Uhr trafen sie gleichzeitig im Le Tabou ein. Entgegen ihrer sonstigen Gewohnheit setzten sie sich nicht an einen der Außentische, die direkt neben der Straße standen. Der Wirt deckte ihnen einen Tisch in einer der hinteren Nischen, wo sie ungestört reden konnten. Joseph musste sich gedulden, bis Maurice ihnen einen Ballon Rouge gebracht hatte. Erst, als vor jedem von ihnen eine dampfende Schüssel mit fangfrischen Muscheln stand, konnte Marc endlich loslegen. „Du glaubst ja nicht, dass er in Wirklichkeit Parsley hieß", läutete Marc sein Gespräch ein und grinste geheimnisvoll. „Wie bitte? Magerbeck ist nicht Magerbeck und Parsley ist nicht Parsley. Das ist ja schräg!" Marc nickte. „Er wurde als Andrew Madson 1967 in Hastings geboren, hatte vier ältere Geschwister, die Mutter war chronisch depressiv. Der Vater, ein ehemaliger Kapitän zur See, zur Zeit der Geburt Andrews im historischen Pier tätig, übernahm den Großteil seiner Erziehung. Andrew war ein überaus aufgeweckter kleiner Bengel und überdurchschnittlich intelligent. Ich habe vergessen, wie hoch sein IQ war, jedenfalls war er in der Schule ein Überflieger und besonders begabt für

Sprachen. Seine Eltern konnten sich das gar nicht leisten, schickten ihn aber auf eine Privatschule in Eastbourne. Dort lernte er Manieren und knüpfte Kontakte zu den Reichen und den Schönen. Er hatte schon damals den Hang zum Schauspielern und schlüpfte gerne in andere Rollen. Das habe ich ja bereits erwähnt. Deswegen hatte er auch keine Schwierigkeiten, sich als Teenager ungehindert in Nachtclubs und Bars zu bewegen." „Spannend", kommentierte Joseph, nur um auch ‚mal zwischendrin etwas zu sagen. „Er fand bald heraus, dass ältere Männer besonders freizügig waren. Sie schenkten ihm sogenanntes Taschengeld und kleinere Reisen. Wenn er besonders viel Glück hatte, bekam er auch schon einmal eine Kreditkarte, natürlich mit einem begrenzten Guthaben. Das reichte aber, um sich schon damals an ein gewisses Luxusleben zu gewöhnen. Andrew hatte schon zu der Zeit ein enormes Selbstbewusstsein. Er war einer der ersten, die sich öffentlich zu seiner Homosexualität bekannten." „Das war zu der Zeit ja noch nicht üblich", kommentierte Joseph. „Richtig. Aber jetzt kommen wir zu seiner beruflichen Laufbahn. Das Grundwissen für später bekam er auf einer Wirtschaftshochschule. Er war intelligent und schaffte schon mit neunzehn Jahren die Prüfung zum Buch- und Rechnungsprüfer. Damit gab er ziemlich bei seinen Freunden an. Überhaupt war er nicht nur gut darin, in andere Rollen zu schlüpfen, er erfand auch brillante Geschichten, besonders, wenn er von sich selbst und seinen Erfolgen berichtete. Es gab Freunde in seinem Umkreis, die glaubten ihm jedes Wort und hingen an seinen Lippen." „So, wie ich jetzt an Deinen Lippen hänge", grinste Joseph. „Kannst Du einmal aufhören, mich ständig zu unterbrechen?", scherzte Marc. „Nachdem er mit der

Wirtschaftshochschule fertig war, ging er zunächst nach Chicago und legte sich dort einen anderen Namen zu. Er trat fortan als Adam Parsley auf. In Chicago bewarb er sich für einen Job an der Börse, den er auch prompt bekam. Er spezialisierte sich auf Warentermingeschäfte." „Werden nicht die Kaffeebauern gerade mit Warentermingeschäften kräftig übers Ohr gehauen?", warf Joseph ein. „Zum Beispiel! Aber ich bin noch lange nicht fertig", erwiderte Marc geduldig. „Am Anfang ging das gut, aber dann wurde unser Mann übermütig. Er setzte größere Beträge ein und riskierte mehr. Zum Schluss hatte er über zehn Millionen Dollar in den Sand gesetzt und die Brokerlizenz wurde ihm entzogen. Er ging mit leeren Taschen zurück nach England. Dort traf er seine alten Freunde, die nach wie vor von seinem Charisma fasziniert waren. Er tischte ihnen eine haarsträubende Geschichte auf, erzählte ihnen, die bösen Konkurrenten hätten ihn wegen seiner unkonventionellen Strategien bei der Börsenaufsicht angeschwärzt und die sei dem Schwindel auf den Leim gegangen. Er, das arme Opfer, wolle nun in England einen Neustart wagen. Er habe auch schon einen Plan." „Mann-o-Mann!", rief Joseph aus. „Wo hast du denn das alles ausgegraben? du musst ja in deinem Dezernat nicht viel zu tun haben!" „So kann man das nicht sagen. Ich habe gute Drähte zu Menschen, die sich im Internet auskennen. Fortsetzung gefällig?" Sie prosteten sich zu und Marc fuhr fort. „Er überzeugte die Freunde, gemeinsam mit ihm einen exklusiven Investmentclub zu gründen. Nur Mitglieder aus angesehenen und vermögenden Familien sollten Zugang zu dem Club erhalten. Adam wusste genau, wo er ansetzen musste. Er kannte die Ängste der jungen Reichen. Deren größte Sorge war es, eines Tages als Nichtsnutze vor ihren Eltern zu erscheinen, die niemals für ihren eigenen Wohlstand etwas getan hätten. Er traf mit seiner Idee ins Schwarze und gründete den ‚Brat Pack Boys Club‘. Seine Freunde überzeugten andere Freunde, die wiederum andere Freunde und Bekannte, so dass Parsley innerhalb kürzester Zeit jede Menge Anlagevermögen gesammelt hatte. Eine aussichtsreiche Anlagestrategie hatte Parsley jedoch nicht. Er versuchte es wieder mit Warentermingeschäften, aber die brachten nicht wirklich viel ein. Stattdessen verlegte er sich darauf, zu protzen und die Mitglieder seines Clubs mit opulenten Abendessen, ausschweifenden Partys und Luxuskarossen zu umgarnen. Die Spesen summierten sich. Einer, der später die Ausgaben der Firma unter die Lupe nahm, kam auf siebzigtausend Pfund pro Monat. Das konnte nicht ewig gut gehen.“ „Leuchtet mir ein“, sagte Joseph. „Ich vermute, der Schwindel ist irgendwann aufgeflogen.“ „Genau das ist er. Verrückt ist nur, dass sämtliche Mitarbeiter dabei mitgemacht haben. du musst dir mal folgendes vorstellen. Wenn potenzielle Investoren in die Büros kamen, taten alle Mitarbeiter so, als wären sie unglaublich beschäftigt. Telefone schellten, Faxe trudelten ein und Fernschreiber ratterten. Damals gab es doch tatsächlich noch diese Monstren, die mit Lochstreifen betrieben wurden. Aber das war alles heiße Luft, denn in Wirklichkeit riefen sich die Mitarbeiter gegenseitig an und schickten sich Faxe.“ „Ein gewaltiges Schmierentheater“, staunte Joseph. „In der Tat. Aber eines Tages wurde sogar den Mitarbeitern klar, dass der Bogen überspannt war. Und nicht lange danach, begriffen auch die Anleger, dass sie einem Betrüger auf den Leim gegangen waren. Viele wollten ihr Geld zurück, aber das hatte Adam Parsley zum größten Teil aufgebraucht. Da blieb ihm nichts anderes übrig, als zu verschwinden. Er wurde irgendwann in Frankfurt gesehen, dann mal in Marseille, dann wiederum in Paris. Bis er nun hier als Leiche wieder in Erscheinung trat." „Du hast mir ja noch gar nicht gesagt, dass ihr ihn absolut zweifelsfrei als Adam Parsley identifiziert habt", beschwerte sich Joseph. „Oh! Habe ich das etwa unterschlagen? Doch ja, wir konnten seine DNA abgleichen. Er ist es eindeutig, daran kann es keinen Zweifel mehr geben." „Lange Geschichte", murmelte Joseph. „Dann brauchen wir jetzt nur noch den Mörder zu finden. Noch etwas, habt ihr irgendwo Hinweise gefunden, seit welcher Zeit er sich als Jerome Magerbeck ausgegeben hat. Oder ob er Magerbeck vielleicht getroffen hat?" Marc schüttelte den Kopf. „Wie gesagt, er ist überall kurz aufgetaucht, aber nie für lange geblieben." „Könntest du abchecken, ob es irgendeine Querverbindung zu einem gewissen Monsieur Buffo gegeben hat?" „Weißt du mehr über den Herrn? Wo er wohnt? Wie er mit Vornamen heißt?" „Tut mir leid. Ich habe eine Liste von Madame Pelzer im Büro. Ich werde mir die Daten gleich morgen früh ansehen und dir durchgeben. Soweit ich weiß, war er für ein paar Tage auf La Lumière, hat direkt neben Parsley gewohnt. Vielleicht ergibt sich da ein Zusammenhang." „Gibt es sonst noch etwas Neues?" „Ja, die Chefbedienung Pauline aus dem P'tit Pirate hat einen jungen Mann erkannt. Der ist dort eines Nachts ziemlich geladen im Restaurant aufgetaucht. Dazu muss man wissen, dass normalerweise keine wildfremden Menschen dort hinkommen, es sei denn, ein Gast bringt sie mit. Er hat sich einen Drink bestellt und ist danach wieder verschwunden. Sie hat ihn gestern in der Strandbar zwischen Marseillan und Séte gesehen. Er kellnert offensichtlich dort. Nachdem sie ihn erkannt hat, hat er sie nicht weiter bedient, das kam ihr komisch vor." „Wir sollten nach jedem Strohhalm greifen. Überprüfe den jungen Mann sofort morgen früh." „Jawoll Chef!", grinste Joseph. „Sonst keine verdächtigen Personen?" „Mmmh! Ich hatte heute Nachmittag eine merkwürdige Befragung. Ich habe die bekannte Sängerin Lisette Lalande und ihre Beschützerin Michelle ins Gebet genommen." „Die Jazz-Legende?", staunte Marc. „Genau die!" „Was war daran merkwürdig?" „Also die Freundin oder Managerin hat sich einigermaßen auffällig verhalten. Als sie sagte, sie kenne Magerbeck nicht, hatte ich das Gefühl, dass sie lügt. So ein Bauchgefühl. Ein winziges Flackern, ihre Körperhaltung, irgendwie suspekt. Aber ich habe nichts Konkretes in der Hand." „Beobachte sie. Vielleicht hilft uns Väterchen Zufall. Hast du von denen Fingerabdrücke genommen?" „Oh Sch....! Die waren am Montag beide nicht da. Und heute habe ich es in der Aufregung vergessen. Aber ich hatte ihnen bereits angekündigt, dass ich sie noch einmal befragen muss." Sie tranken ihren Vin Rouge aus, zahlten und verabschiedeten sich.

Donnerstag

Am Donnerstagmorgen ließ Leroux einen freundlichen Brief in den Brotsack der beiden Damen Miller und Lalande legen und bat sie, nach dem Frühstück noch einmal in dem Büro vorbei zu schauen. Damit es kein Riesenaufsehen geben würde, hatte er sich die Materialien besorgt, mit denen er Fingerabdrücke nehmen konnte. Gleichzeitig besorgte er sich die Telefonnummer des La Voile Rouge, damit er sich baldmöglichst nach den Dienstzeiten des schönen Kellners erkundigen konnte. Als nächstes fragte er Mayla nach den Adressdaten von Monsieur Buffo. „William Buffo. Einen Augenblick." Mayla forschte in der Adressdatei von La Lumiére nach. „Hier ist es. William Buffo, St. Leonards on Sea, East Sussex, Pevensy Road." „St. Leonards on Sea?" „Das ist ein Ort, der sich an der Südküste von England direkt an Hastings anschließt." „Ach so! Wunderbar. Kann Madame Pelzer herausfinden, bei welchem Kreditinstitut Buffo sein Konto hat? Falls er eine Überweisung gewählt hat." Leroux hoffte insgeheim, über die Bankverbindung herauszufinden, ob Buffo geschäftlich mit Adam Parsley zu tun hatte. „Na, auch wenn er seine Rechnung mit einer Kreditkarte beglichen hat, hinterlässt das Spuren. Es kann auch sein, dass er bar bezahlt hat." Mayla rief Beatrice an und bat sie um Mithilfe. „Sorry, aber William Buffo hat von Marseille aus angerufen und gefragt, ob er spontan eine kleinere Wohnung mieten könne. Wir hatten zufällig eins frei. Bei der Abreise hat er bar bezahlt", stellte Beatrice klar. Joseph fluchte innerlich. Dennoch notierte er auf einem Blatt, dass er die Bankverbindung von Buffo herausfinden wolle. „Eine Kleinigkeit noch, Madame Pelzer. Haben Sie in

Ihrer Buchführung Einblick, von welcher Bank Parsley seine Anzahlung getätigt hat." „Leider nein. Ich habe in meinen Unterlagen lediglich das Datum, wann und wieviel er bezahlt hat und für welches Gîte. Tut mir leid, dass ich Ihnen an dem Punkt nicht weiterhelfen kann." „Gut, dann muss ich an anderer Stelle danach forschen. Erst einmal vielen Dank für Ihre Mühe." „Wir bekommen Besuch", sagte er zu Mayla und deutete auf die Tür. Michelle Miller und Lisette Lalande. Madame Miller war sichtlich verärgert. „Schon wieder?", blaffte sie ihn an. „Ich hoffe, es dauert nicht so lange wie gestern". „Guten Morgen die Damen", erwiderte Leroux unbeirrt charmant. „Ich brauche lediglich Ihre Fingerabdrücke, dann dürfen Sie gehen, wohin Sie wollen. Vorerst." „Wozu denn das? Werden wir etwa verdächtigt?", regte sich Michelle auf. Lisette sandte einen entschuldigenden Blick zu Leroux. „Sie meint es nicht so", fügte sie hinzu. „So? Wie meint sie es denn?", fragte Leroux süffisant. Lisette zuckte mit den Schultern. „Können wir jetzt gehen?", schnarrte Michelle und schaute Leroux provozierend an. „Aber klar. Ich wünsche Ihnen einen schönen Tag. Falls ich weitere Fragen habe, kann ich Sie unter welcher Mobilnummer erreichen?" Leroux sah ihrer Hand den Widerwillen an, als sie eine Visitenkarte aus ihrer rehbraunen Lederhandtasche nestelte und ihm reichte. „Vor heute Abend werden wir kaum zurück sein. Falls Ihnen das reicht." Sie drehte sich auf dem Absatz um und bedeutete Lisette, ihr zu folgen. Die konnte das ruppige Betragen ihrer Freundin nicht deuten und schickte erneut ein entschuldigendes Lächeln zu Joseph Leroux. Joseph schaute auf die Uhr. Kurz nach elf Uhr, da würde Jaques Maurice schon die ersten Gläser spülen. „Mayla, ich fahre zum Trois Digues. Wenn jemand nach mir fragt, hier ist meine Handynummer. Ich sollte jedoch spätestens gegen drei Uhr wieder hier sein." „Alles klar", sagte Mayla, die leise „Summertime" summte. Sie nahm die kleine weiße Karte entgegen und legte sie auf den Schreibtisch.

In diesem Jahr hatten sie echtes Glück mit dem Wetter. Nachdem es gestern den ganzen Tag geregnet hatte, schien heute wieder die Sonne. Die Luft verhieß erfrischende Kühle, aber die würde sich mit Sicherheit gegen Mittag in eine sanfte Wärme verwandeln. Joseph Leroux freute sich sogar, dass er zu einer Vernehmung an den Strand fahren durfte. Da konnten die Kollegen aus der Stadt nur von träumen. Mayla hatte ihn angesteckt. Ohne, dass es ihm bewusst war, summte er nun auch „Summertime" und stieg in seinen Wagen. Er fuhr langsam über den Holperweg. Bernard Pelzer kam ihm im offenen Cabrio entgegen und winkte. Auf gleicher Höhe hielt er kurz an. „Auf Verbrecherjagd, Lieutenant?", scherzte er. „Das wird sich herausstellen. Bin auf dem Weg nach Marseillan-Plage." „Dann sehen wir uns vielleicht später. Ich habe vor, noch eine Runde schwimmen zu gehen", sagte Pelzer und fuhr weiter. Im Voile Rouge musste Joseph nicht lange suchen. Jaques Maurice war nicht zu übersehen. Er konnte nicht anders. Auch Leroux bewunderte die ebenmäßige Schönheit des jungen Mannes. Aber nur für einen Augenblick, dann setzte sein Verstand wieder ein. Was musste ein Mensch empfinden, der pausenlos angehimmelt wurde? Von Frauen, von Männern. Breitete sich Hochmut in ihm aus? War er unfähig, sich auf ernsthafte Beziehungen einzulassen? Joseph's Gedanken schweiften ab zu einem Kollegen, mit dem er zur Polizeiakademie gegangen war. Der fand sich schön, die Frauen fanden ihn auch schön.

Er brauchte sich nur ein paar Mal charmant zu äußern, den Frauen bedeutungsvolle Blicke zuzuwerfen und schon landeten sie in seinem Bett. Manchmal blieben sie für eine Nacht, manchmal für Wochen oder sogar Monate. Sobald sie eine Herzensverbindung von ihm einforderten, sucht er sich eine andere. Dann ging das Spiel von vorne los. Die Frau, die er letztendlich heiratete, verfügte über genügend Immobilien, um ihn zum Bleiben zu bewegen. Als sie sich zu massiv über seinen mangelnden Tiefgang beschwerte, verlegte er seine Freizeit ins Büro, später entschwand er auf den Golfplatz. Jaques Maurice begrüßte ihn distanziert lächelnd, gab ihm aber eine trockene, warme Hand. „Joseph Leroux, Gendarmerie Nationale. Ich ermittele in einem Todesfall." „Aha! Weshalb kommen Sie dann zu mir?" Ein wenig von der coolen Fassade bröckelte. „Hatten Sie Kontakt zu Adam Parsley?" Jaques hob die Augenbrauen. „Der Name sagt mir nichts." „Jerome Magerbeck?" Das Pokerface zuckte zusammen. Eine Spur von Schmerz breitete sich auf seinem Gesicht aus. Eine Sekunde, nicht länger, dann zog sich der Vorhang wieder zu. Aber Joseph Leroux hatte es gesehen. „Ein Gast. Nichts weiter", sagte Jaques. Er versuchte, unbeteiligt zu erscheinen. Es gelang ihm nicht. „Hatten Sie eine Beziehung zu ihm?" Jaques beugte sich vor und flüsterte: „Verraten Sie mich nicht! Es ist nicht erlaubt, mit Gästen anzubändeln." „Haben Sie ihn geliebt?" Jaques schmales Gesicht wurde weich, in seinen Augen erschienen Sternchen. „Jerome hat klasse, er hat Stil. Er ist weltgewandt und er kann hervorragend erzählen. Er hat mir so viel gezeigt, mich in die phantastische Welt der Aromen eingeführt. Er hat mir beigebracht, wie man Tango tanzt." Schwärmerisch schaute Jaques in die Ferne. „Sagten Sie eben Todesfall? Was hat das mit Jerome zu tun?" „Er ist tot." „Jerome? Tot? Herzinfarkt? Ach nein, dann wären Sie nicht hier." „Hatten Sie Streit mit ihm?" „Na ja. Aber keinen tödlichen, wenn Sie darauf hinauswollen." Trauer kroch langsam in Jaques Augen. „Ich wollte es nicht wahrhaben, aber auch er wollte nur meinen Körper", flüsterte er kaum vernehmbar. Dabei sackte er leicht in sich zusammen. „War das an dem Abend, als Sie noch in der Bar auf La Lumière waren und einen Pastis getrunken haben?" „Das wissen Sie schon?", sagte Jaques überrascht. Leroux nickte kurz. „Wir gehen davon aus, dass Adam Parsley, der sich für Jerome Magerbeck ausgegeben hat, ermordet wurde. Oder dass es sich um einen Unfall mit Todesfolgen handelt. Ach so, was trank der Herr, den Sie für Magerbeck gehalten haben, normalerweise?" „Manchmal Gin-Tonic, aber meistens nahm er einen trockenen Weißwein zu sich." „Wissen Sie, ob er in seinem Urlaubsquartier Gin und Tonic vorrätig hatte?" „Zu der Zeit, als wir dort zusammen waren, habe ich nichts davon bemerkt. Aber, wir haben uns auch in erster Linie im Schlafzimmer aufgehalten." „Greifen Sie manchmal zu Liquid Ecstasy?" „Warum sollte ich mir ausgerechnet Ecstasy einverleiben." Jaques schüttelte energisch den Kopf. „Nein, auf keinen Fall! Ich kenne genügend Leute, die sich damit oder mit anderen Rauschmitteln den Kopf zudröhnen. Und ich habe zu viel Angst vor den Folgen. Ich habe einmal jemanden in Berlin getroffen, der sich dauernd mit dem Dreckszeug aufgeputscht hat. Der sah sowas von entstellt aus, hatte das ganze Gesicht voller hässlicher Pusteln. Das möchte ich niemals erleben." „Aber theoretisch könnten Sie an das Zeug kommen?" „Darum habe ich mich noch nie gekümmert, will ich auch nicht. Was hat Ecstasy mit dem Tod von Jerome zu tun?" „Das kann ich Ihnen zu diesem Zeitpunkt noch nicht sagen. Noch etwas: Es wird wahrscheinlich eine Formalität bleiben, aber darf ich um einen Fingerabdruck von Ihnen bitten?" Jaques seufzte, willigte aber sofort ein. „Könnten wir das diskret hinten in der Küche machen? Ich komme mir sonst bei den Gästen schon jetzt wie ein Verbrecher vor." Die Kollegen hatten schon neugierig herüber geschaut, und zwei oder drei Gäste hatten auch nichts Besseres zu tun. „Selbstverständlich", versicherte Leroux und ging mit ihm nach hinten. „Wenn Ihnen noch irgendetwas einfällt, Sie kennen den Satz." Joseph gab ihm seine Karte. „Wie lange arbeiten Sie noch hier?" „Bis zum Saison-Ende. Das wird der 27. September sein, dann wird die Strandbar geschlossen." „Und was machen Sie danach?" „Richtung Portugal, Algarve. Ich werde mit meinem Wohnwagen hinfahren." Leroux verabschiedete sich.

„Ich komme einfach nicht weiter", klagte er am Donnerstagabend. „Der Fall zieht sich wie Kaugummi." Joseph Leroux hatte sich nach einer Runde Schwimmens an der Badebucht von Méze gemütliche Freizeitkleidung übergezogen und saß erwartungsvoll am Esstisch ihrer Dreizimmerwohnung in der Rue de la Pyramide. „Hast du eine Ahnung, warum der Tote hinten in dem Feld lag?", fragte Helene. Joseph kaute nachdenklich auf seinen Lippen und nahm einen kleinen Schluck Weißweinschorle. „Wahrscheinlich hat er sich mit einem Mann in dem kleinen Golfhäuschen vergnügt. Zwei benutzte Rotweingläser haben wir gefunden, seine Fingerabdrücke waren auf dem einen. Die Spuren auf dem anderen können wir immer noch nicht zuordnen." „Wer war es? Ich meine, mit wem hatte Magerbeck alias Parsley das Vergnügen?", fragte Helene. „Vermutlich ein gewisser William Buffo, leider schon abgereist. Wir wissen, dass er in Hastings wohnt, aber bis die englische Polizei den findet", seufzte Joseph. „Die haben dort drüben wahrscheinlich auch nicht mehr Personal als wir." „Nimmst du mich mit, wenn du ihn selbst vernehmen musst? Ich wollte schon immer ,mal nach England." Helene lachte verschmitzt, stellte sich hinter ihn und massierte ihm die Schultern. „Meine Güte!", rief sie. „Der Fall sitzt Dir ja buchstäblich im Nacken! Ich hoffe, der gordische Knoten löst sich bald in Wohlgefallen auf." Leroux amüsierte sich, weil Helene, wie so oft, zwei Sprichwörter durcheinander warf. „Übrigens, du wirst es nicht glauben", berichtete sie. „Ich habe heute den echten Magerbeck im Fernsehen gesehen. Jesses ist das ein blasiertes...." Bevor sie den Satz zu Ende bringen konnte, vibrierte das Mobilphone ihres Mannes. Es lag neben dem angewärmten Teller, der auf das köstlich duftende Kartoffelgratin wartete. Helene verdrehte die Augen zum Himmel. „Fünf Minuten!", flüsterte sie beschwörend. „Danach fällt Dir das Handy aus der Hand!" Sie wusste, dass es ein Wunschtraum bleiben würde. „Marc! du hast etwas für mich!... Ich glaube schon, Augenblick". ... Helene, reicht das Gratin auch für drei? ... Es reicht! Wann kannst du hier sein?... A bientôt". ... Gut!" „Zwei Minuten!", grinste Joseph. „Ja super! Dafür gibt es gleich Kriminaltechnisches zum Dessert. Auch nicht schlecht." „Ach, lass‘ doch das Ironische, das passt gar nicht zu Dir!" Helene sah Joseph nach, der vom Esszimmer in die offene Küche ging, um einen dritten Teller zu holen. Er schob ihn in den noch warmen Backofen, wo auch das Gratin stand. Dann öffnete er eine Flasche Merlot von Paul Jean-Claude Mas und dekantierte sie langsam. Eigentlich hätte er das schon viel früher machen müssen. Andererseits würde Marc auch um diese Uhrzeit noch mindestens dreißig Minuten brauchen, bis er in Méze war. Helene zerbrach sich derweilen den Kopf darüber, wie der Tote an die besagte Fundstelle gekommen war. „Kann ihn jemand auf einer Schubkarre dorthin verfrachtet haben?" „Glaube ich nicht. Die Reifenspur wäre breiter gewesen, und tiefer vielleicht?" „Ich denke, der war ganz dünn." „Du hast Recht. Doktor Letaillieur sprach von zweiundfünfzig Kilo bei einer Größe von einen Meter vierundsiebzig, nur Haut und Knochen, kein Gramm Fett." „Bah!" Helene schüttelte sich. „Zum Glück hast du ein paar Muskeln", grinste sie und kniff ihn vergnügt in den Po. „Begreifst du mich etwa als Lustobjekt?", scherzte Joseph. „Na klar, was glaubst du denn?" Sie hinderte ihn daran, weiter zu gehen und zog ihn auf ihren Schoß. „Du riechst so gut", raunte sie ihm ins Ohr und küsste ihn leidenschaftlich auf den Mund. „Was machst du mit mir? Marc ist jeden Augenblick hier." „Huch, bist du unter die Dichter gegangen?", gurrte Helene, während ihre Hände verlangend um seine Taille griffen. Sie zog ihn noch fester an sich, knabberte an seinem Ohr und schmiegte sich an seine sanft kratzende, kühle Wange. Selbstverständlich gongte die Türklingel just in dem Augenblick, als sie spielerisch ihre Hand in seinen Hosenbund schob. „Schöne Grüße an Monsieur Interruptus", rief sie ihm amüsiert hinterher. „Ungünstiger Zeitpunkt." Joseph hauchte ihr einen Luftkuss zu, bevor er die Tür öffnete.

Marc wirkte immer wie aus dem Ei gepellt, selbst jetzt, nach mindestens acht, wenn nicht neun Stunden Dienst. Er sah kein bisschen müde aus. Das weiße, eng anliegende Hemd unterstrich seine karamellbraune Haut, die blonden Haare waren gekonnt verstrubbelt. Nur seine dunkelblaue Diensthose und seine blank gewienerten Lederschuhe verrieten, dass er noch nicht zu Hause gewesen war. Helene bekam nicht nur einen angenehm festen Händedruck, sondern auch, wie im Department L'Herault üblich, die drei „bise" auf die rechte und die linke Wange. „Wie das duftet", rief Marc aus. „Mir läuft das Wasser im Mund zusammen." „Wir können sofort essen, wenn Dir danach ist", sagte Helene, wohl wissend, dass das nicht üblich war. „Wir haben William Buffo", entfuhr es Marc statt einer Antwort. „Ja! Und?" Joseph Leroux wartete ungeduldig auf mehr. „In der Nähe von Hastings!" „Das heißt ja noch nichts." „Aber!" Marc saß auf der Kante des Stuhls. „Die Kollegen von der Insel haben ihn in einer der Spielhallen an der Promenade von Hastings aufgegriffen." „In einer ordinären Spielhalle?", fragte Joseph ungläubig. „Was soll daran ungewöhnlich sein?" „Mir wurde der Mann als ziemlich seriös beschrieben. Die Gäste von La Lumière machen auf mich nicht den Eindruck, als würden sie in Spielhallen herumlungern. In Spielbanken vielleicht..." „Du und dein Weltbild", spottete Marc. Sie stießen mit dem Rotwein an. Das glockenhelle Klingeln der Gläser hätte einen gemütlichen Feierabend einläuten können. Aber sie steckten alle in dem Fall, selbst die unbeteiligte Helene. „Jetzt berichte endlich", forderte Joseph. „William Buffo ist ein ausgemachter Spieler. Ein Spieler beschränkt sich nicht auf vornehme Etablissements. Und er spielt nicht nur Roulette und Poker, er scheint sich wohl auch mit Anlagen verzockt zu haben. Hier kommt Adam Parsley ins Spiel. Nach seiner eigenen Aussage hatte Buffo ihm vor Jahren über hunderttausend Pfund für Warentermingeschäfte anvertraut, und Parsley hat das Geld in den Sand gesetzt." „Was hat er zum Tod von Parsley gesagt?" „Er schien völlig überrascht zu sein, konnte sich das nicht erklären. Angeblich hat er ihn auf La Lumière nur zufällig und nur einmal getroffen. Von einem Streit könne keine Rede sein. Er habe nicht gewusst, ob Parsley Herz- oder Depressionsmedikamente genommen habe." „Fingerabdrücke?" „Kommen heute Abend wahrscheinlich noch per Mail, je nachdem, wie schnell die Kollegen in Hastings sind." „Haben die Engländer gefragt, in welchem Verhältnis Buffo und Parsley zueinander standen? Waren sie Geschäftspartner? Freunde?" „Tut mir leid. Dazu habe ich keine Informationen bekommen." „Also, ich weiß nicht. Wenn mir solch ein Batzen Geld durch einen Bekannten oder Geschäftspartner abhandenkommt, glaube ich nicht, dass ich dann noch gut auf ihn zu sprechen wäre. Haben wir Informationen darüber, wovon Buffo normalerweise lebt und hat er gesagt, wann er Parsley getroffen hat?" „Moment! Auf die letzte Frage hat er schwammig geantwortet. Er wisse nicht mehr genau, ob es Montag oder Dienstag letzter Woche gewesen sei. Und wie er an das nötige Kleingeld zum Leben und Spielen kommt, wissen wir bislang nicht. Aber ich werde die Kollegen in England bitten, ob sie uns diese Fragen beantworten können." „Na, wir müssen sowieso abwarten, was der Abgleich der Fingerabdrücke ergibt. Vielleicht hilft uns ein Zufall. Sonst müssen wir den Fall wohlmöglich als ungelöst beiseitelegen." „Noch nicht!", beschwor ihn Marc. „Wir wollen uns nicht schon wieder vorwerfen lassen, dass wir im Fall von verschwundenen Touristen zu lasch arbeiten." „Wieso das?", fragte Helene erstaunt. „Neulich ist hier ein deutscher Anwalt aufgelaufen. Ich kann Euch sagen, der hat einen richtigen Aufstand gemacht. Irgendein deutscher Tourist ist am frühen Nachmittag seines dreißigsten Hochzeitstages zu einer kleineren Wanderung aufgebrochen und nicht wieder gekommen. Seitdem ist er spurlos verschwunden. Die Ehefrau will nicht glauben, dass er vielleicht die Biege gemacht hat." „Oder er hat eine Postkarte von einer alten Freundin bekommen und ist zu Fuß nach Hamburg gelaufen", warf Helene lakonisch ein. „In dem Alter? Kann ich mir schwer vorstellen." Joseph blickte ungläubig drein. „Der Mann in dem Buch von Harold Fry war auch nicht mehr der Jüngste", erwiderte Marc. „Jetzt mal Scherz beiseite. Bevor du kamst, habe ich mit Helene darüber gerätselt, wie der Tote an diese abgelegene Stelle kam. Hast du eine Idee?" „Einen Augenblick mal! Es gibt bestimmt Familien, die mit ihren Kindern anreisen, richtig?" „Soweit ich weiß, schon", nickte Joseph. „Hast du vielleicht einen Bollerwagen auf dem Terrain gesehen? Als unsere Rabauken noch klein waren, hatten sie manchmal einfach keine Lust mehr, zu laufen. Zum Tragen waren sie aber schon zu schwer. Für solche Fälle hatten wir immer einen Holzwagen dabei." „Einen Holzwagen?" Joseph runzelte die Stirn. „Welche Art von Reifen hatte der?" „Gummireifen natürlich." Marc fasste sich an den Kopf. „Oder glaubst du, ich hätte ein Modell aus dem vorigen Jahrhundert benutzt?" „Ja sicher, du hast Recht. Es gab eine kleine Spur von einem Gummireifen am Tatort. Aber nur von einem Reifen." „Die restlichen könnten vom Regen verwischt worden sein", mutmaßte Marc. „Möglicherweise", stimmte Joseph zu. „Aber ich kann mich nicht daran erinnern, einen gesehen zu haben. Wer weiß, manchmal spielt das Gedächtnis einem einen

Streich. Es nimmt nur das auf, was es bereits kennt und blendet alles Unbekannte aus. Das erleben wir bei Zeugenaussagen oft. Ein Ereignis, fünf Personen, fünf Beschreibungen, wie alles abgelaufen sein soll." Er griff zu seinem Mobilphone und entschuldigte sich für einen Augenblick. „Ich rufe Madame Pelzer an. Sie müsste mir sagen können, ob sie so einen Wagen auf La Lumière haben." Während er noch sprach, war er bereits aufgestanden und ging zu der rückwärtigen kleinen Terrasse, die sich an das Esszimmer anschloss. Nach einigen Minuten kam er zurück. „Bingo! Die haben sogar zwei Bollerwagen. Madame Pelzer schaut gleich nach, wo sie stecken, dann gibt sie mir Bescheid. Grundsätzlich stehen diese Wagen jedem Gast zur Verfügung. Sie werden nicht immer gleich zur Rezeption zurückgebracht und können theoretisch an verschiedenen Stellen des Geländes stehen." Er klatschte beinahe wieder vergnügt in die Hände. „Jetzt essen wir aber endlich. Mir hängt der Magen schon in den Kniekehlen. Der Parsley wird sowieso nicht wieder lebendig, egal ob wir hier über Bollerwagen oder grüne Bananen reden." „Grüne Bananen?" Helene tippte sich an die Stirn und verdrehte die Augen. Joseph servierte das Kartoffelgratin. Helene hatte es mit drei Bechern Sahne, wenig Salz und einer Prise Muskatnuss langsam im Backofen garen lassen. Die oberste Schicht der Kartoffeln hatte eine goldbraune Farbe angenommen und mundete allen dreien vorzüglich. Dazu reichte Helene jeweils ein kleines Stückchen Lammfilet mit frischem Rosmarin und etwas grünen Salat. Während sie das Dessert, ein luftiges Himbeer-Parfait, verzehrten, erreichte sie eine SMS von Madame Pelzer. „Ein Bollerwagen hinter der vorderen Garage gesichtet, der zweite momentan unauffindbar. Morgen

weitere Suche. Gruß B.P." „Da habt ihr eure Transport-
schachtel. Wetten, dass ihr an dem verschwundenen
Fingerabdrücke findet!" Helene lehnte sich zufrieden in
dem schwarzen Kunstlederstuhl zurück, von dem fünf
weitere rund um den massiven Kirschholztisch standen.
Ihre Pantoffeln hatte sie erst gar nicht angezogen, denn sie
liebte es, ihre nackten Füße in den flauschigen Hirtentep-
pich zu graben, der unter dem Esstisch lag. „Gesetzt den
Fall, die Leiche wäre wirklich mit einem Bollerwagen
transportiert worden", dachte Marc laut nach, „so etwas
macht doch nur eine Frau. Ich kann mir beim besten
Willen nicht vorstellen, dass ein Mann auf solch eine Idee
käme." „Nee! Der würde den Mann schultern, irgendwo-
hin schleppen und im Gebüsch entsorgen", stimmte
Joseph den Überlegungen zu. „Andererseits bietet ein
Transportmittel aber größere Chancen, an dem Opfer
keine DNA-fähigen Spuren zu hinterlassen", gab Helene
zu bedenken. „Tja, wir müssen abwarten! Erstens haben
wir nicht einmal den Bollerwagen, zweitens haben wir
keine Fingerabdrücke. Auch diese Möglichkeit kann im
Sande verlaufen." „Gut! Reden wir von etwas anderem."
Alle drei waren sich einig, das Thema vorerst ruhen zu lassen. „Wenn du nicht dienstlich nach England muss", sagte Helene, „könnten wir im nächsten Jahr eine Tour an
der Südküste machen. Brighton soll sehr schön sein. Und
meine Freundin Gertrud schwärmte total von Bourne-
mouth. Sie erzählte von kilometerlangen Sandstränden.
Die dahinter liegende Jurassic Coast soll ebenfalls wun-
derschön sein. Auf dem Rückweg könnten wir ja auch in
London Station machen. Dort soll es so herrliche
Musikläden geben." „Warum willst du unbedingt nach
England?", fragte Marc verständnislos. „Ich habe einmal

mit einer Freundin eine Rundreise von Cambridge ausgehend über Oxford und Brighton bis Hastings gemacht. Wir kamen völlig ausgehungert wieder nach Hause." Marc schüttelte sich bei dem Gedanken an das englische Essen. „Den Fraß auf der Insel konnte man kaum genießen, allenfalls das indische Essen, und das war wahnsinnig teuer. Na gut, Fish and Chips, das war gerade noch akzeptabel, aber mehr als zweimal habe ich das nicht herunter bekommen." „Wein kannst du vergessen", unterbrach Joseph den Redefluss seines Freundes Marc. „Er kostet ein Vermögen." „Großartig", lachte Helene. „Der Urlaub ist genau das Richtige für uns. Wir wollten sowieso ein paar Kilo abnehmen. Wenn wir dann auch noch eine Woche auf Alkohol verzichten, haben wir die Kosten für die Unterkunft und die Überfahrt wieder raus." Joseph zeigte ihr einen nicht ganz ernst gemeinten Vogel. „Smoke on the Water" aus Joseph's Mobil unterbrach die lebhafte England-Diskussion. Nach dem letzten Anruf hatte er vergessen, den Ton wieder abzudrehen. Béatrice Pelzer war am Apparat und vollkommen aufgelöst. Sonst die Ruhe in Person schrie sie fast ins Telefon. „Die ganze Wohnung ist durcheinander, das Fenster zerbrochen, die Polster zerschnitten." „Welche Wohnung?", fragte Joseph, als Béatrice Luft holte. „Das L'Amelie", schluchzte Béatrice. „Jemand ist eingebrochen. Er hat alles zerstört." „Beruhigen Sie sich, Madame Pelzer. Trinken Sie einen Pastis oder einen Wein oder was auch immer. Ich bin schon unterwegs." „Du hast doch etwas getrunken", mahnte Helene. „Mir egal. Ich kann jetzt hier keine Däumchen drehen. Ich muss los." „Ich komme mit", entschied Marc. Beide zogen in Windeseile Schuhe und Jacken an, Joseph klaubte den Autoschlüssel vom Bord, winkte zum Ab-

schied und sie sprangen in seinen alten Peugot. Mit quietschenden Reifen fuhren sie los.

Elisabeth Brackmann hatte das Unterrichten in ihrem früher so geliebten Fach Sport nach einem Hörsturz aufge-
ben müssen. Sie erklärte sich bereit, stattdessen Religion
zu geben, auch weil sie davon ausging, dass grundsätzlich
nur Mädchen dieses Fach belegen würden. Ihrer Vermutung nach würde es sich um eine kleine Klasse handeln.
Damit hatte sie sich ziemlich verkalkuliert. Es kamen
nicht nur die wirklich motivierten und interessierten
Schüler zu ihr, sondern auch die, die sich einen lauen
Lenz vom Religionsunterricht versprachen. Statt sich am
Unterricht zu beteiligen, spielten sie ungeniert mit ihrem
Smartphone. Natürlich war das von der Schulleitung un-
tersagt, aber das kümmerte die meisten wenig und Elisabeth war viel zu weichgekocht, um ständig Strafpredigten
zu halten. Hier im Urlaub freute sie sich riesig darüber,
endlich wieder morgens und abends abwechselnd eine
Runde zu joggen und zu walken. Tief sog sie die saubere
Luft ein, genoss die Ruhe, die nur einmal wöchentlich
von der Armée de l'air und ein paar irrsinnigen Piloten
unterbrochen wurde. Abends bewegte sie sich mit ihren
Walk-Stöcken meistens großrahmig rund um das Gelände. Sehr zu ihrer Freude begleitete Mariella sie oft und
rannte neben ihr her. Heute kam sie glücklich erschöpft
am Weg entlang des kleinen Wäldchens, froh, sich alsbald
unter die heiße Dusche zu stellen. Bevor sie über die Wiese zu ihrem „Schneider" gelangte, fiel ihr auf, dass der
Kirschlorbeerbusch vor dem L'Amelie seltsam strubbelig
aussah. ‚Einen Blick werde ich auf das Gîte werfen",
dachte sie. Ursprünglich hatten sie dieses angemietet, ob-

wohl auch das Schneider seine Vorzüge hatte. Vorsichtig lugte sie durch das offen stehende Tor. „Komisch", schoss es ihr durch den Kopf. Die Haustür stand weit offen. Sollte die nicht verschlossen und versiegelt sein? Über ihr Mobiltelefon informierte sie Béatrice Pelzer.

Professor Kurt-Günther Morgenstern öffnete die Tür seines schweren Daimlers und freute sich, dass sie nach zwölf Stunden Fahrt endlich angekommen waren. „Hildegard, steig aus! Wir sind da." Er hielt seiner verschlafenen Gattin die Tür auf. „Endlich daheim", sagten sie beide wie aus einem Mund. Dann gingen sie auf wackeligen Beinen zu der Tür ihres schmucken Anwesens und schlossen auf. Angenehmer Lavendelduft schlug ihnen entgegen. Sie knipsten das Licht in der Eingangshalle an und ließen ihren Blick über die mit einer Mischung aus kühlem Stahl und warmen Ziegelsteinen gestalteten Wände gleiten.

„Jetzt ein Glas Rotwein und dann alle Viere auf dem Bett ausstrecken", verkündete Kurt-Günther. „Wie bist du denn drauf?", wunderte sich Hildegard. Nach einem kurzen Gang durch Küche, Ess- und die Schlafzimmer ließen sie sich am lang gezogenen Wohnzimmertisch aus Walnussholz nieder. Henry, der Hausverwalter, hatte ihnen einen Rotwein der Abbaye del Valgmagne dekantiert. Er stand nebst zwei Kristallgläsern auf dem glänzend polierten Tisch. „Er hätte an ein paar Blumen denken können", moserte Hildegard. „Bleib' locker, Hilde", sagte Kurt-Günther.

Am nächsten Morgen verließen sie erfrischt ihre Schlafzimmer, trafen sich in der Küche und besichtigten nach einem ersten Espresso ihr ausgedehntes Refugium. Die

Olivenbäume hatten sich prächtig entwickelt, der Swimmingpool war gereinigt und der Kiesweg geharkt. Alle Kunstwerke aus rostigem Eisen standen an ihrem Platz, der Blick auf das nachbarliche La Lumière war ungetrübt. Henry fragte nach ihren Wünschen. „Die Oleanderbüsche haben reichlich braune Blätter", beschwerte sich Hildegard. „Wir hatten in diesem Jahr sehr viel Sonne", erklärte Henry. Er verschwand unauffällig, als er merkte, dass er im Augenblick nicht gebraucht wurde. „Wie gut, dass wir hier unsere Ruhe haben", bemerkte Hildegard, als sie sah, dass gleich mehrere Fahrzeuge von La Lumière die Einfahrt hinunterkamen. „Aber Bernard und Béatrice laden wir bei Gelegenheit ein", sagte Kurt-Günther. „Sicher!" Hildegard war froh, dass sie sich dafür entschieden hatten, ihr mit ausgesuchtem Geschmack eingerichtetes Anwesen nicht zu vermieten. Sie umrundete zusammen mit Kurt-Günther ihr Domizil. Gerade wollten sie den prächtigen Aufgang zur rechten Seite abwärts schreiten, als ihnen beiden gleichzeitig ein Bollerwagen auffiel, der hier nicht hingehörte. „Wie kommt der hierher?", wunderten sie sich. „Rufe Henry und frage ihn, wie der Wagen hierher kommt", forderte sie ihren Gatten auf. „Entspann' dich endlich", riet Kurt-Günther. Der herbeigerufene Henry hatte den Bollerwagen auch noch nicht gesehen. „Vielleicht gehört der zu La Lumière", mutmaßte er. „Ich rufe Béatrice an, wollte ich sowieso", beschied Kurt-Günther. „Béatrice, wie schön dich zu hören. Wir sind gestern angekommen. … Ja, die Fahrt war ziemlich anstrengend. … Sag' einmal, vermisst ihr zufällig einen Bollerwagen? … Ach herrje, das konnte ich nicht wissen. Ich rühre ihn nicht an. Wer sagst du, wird hier aufkreuzen? Okay, ich setze Hildegard ins Bild. Wir melden uns.

Aber sicher, ein gemeinsames Abendessen ist überfällig. A bientot." „Sie haben drüben wahrscheinlich einen Mordfall", berichtete Hans-Günther seiner Frau. „Und einen Einbruch noch dazu." „Du großer Gott", murmelte Hildegard und zog ihren breiten Kaschmirschal fröstelnd um die Schulter. „Unsere Alarmanlage ist hoffentlich gewartet", sagte sie. „Ich werde Henry gleich danach fragen", versprach Kurt-Günther.

Als Joseph und Marc am L'Amelie eintrafen, standen neben Béatrice und Bernard auch noch Sebastian, Pauline und Pierre vor dem Haus und diskutierten. Drinnen sah es aus, als sei eine Horde Affen über das Haus hergefallen. Die Polster der Sofas flogen wild durcheinander im Wohnzimmer herum. Im Schlafzimmer sah es nicht viel besser aus. Alle Anzüge lagen aufgeschlitzt auf dem Boden und den Betten. Joseph und Marc ließen das Chaos auf sich wirken. Hier hatte jemand etwas Bestimmtes finden wollen. Etwas Kleines vermutlich, etwas, das in Säumen von Jacken, Innentaschen oder Revers versteckt gewesen sein könnte. Ein Stick? Ein Micro-Chip? Ein Schlüssel zu einem Schließfach? Marc erreichte dank seiner Autorität als Staatsanwalt, dass die Spurensicherung noch am selben Abend tätig wurde. Und diesmal wimmelte es von Fingerabdrücken; sie stammten alle von derselben Person. „Wer mag das gewesen sein?", fragten sich Joseph und Marc.

Freitag

Auf der Dienststelle in Mèze die lang erwarteten Fingerabdrücke von William Buffo per Mail ein. Die Kollegen in England entschuldigten sich für die Verzögerung. Momentan hätten sie in East Sussex mit einer Serie von Überfällen auf Tankstellen zu kämpfen. Die Fingerabdrücke wurden sofort mit denen vom Einbruch in L'Amelie verglichen. Sie stimmten eindeutig überein. „Das hätten wir schon einmal geklärt", frohlockte Leroux. Der Einbruch trug eindeutig die Handschrift von William Buffo. ‚Handschrift ist gut', dachte er. Hier würde der Begriff „Fingerschrift" eher zutreffen. Mit einer weiteren Mail bekam er die erbetene Auskunft über Buffo's Einnahmequellen. Leroux pfiff zwischen den Zähnen, als er begriff, worum es ging. Es bestand der Verdacht, dass William Buffo in großem Stil mit gestohlenen, alten Autos dealte. Nicht mit irgendwelchen alten Autos, es handelte sich um Luxuskarossen, die auf dem Oldtimer-Markt zwischen neunzig Tausend und mehr als einer Million Euro gehandelt wurden. Buffo schien sich auf Porsche und Mercedes-Benz spezialisiert zu haben, aber bislang konnten ihm die Behörden nichts nachweisen. Vor einigen Monaten war er jedenfalls mit einem silbernen 300 S Coupé Baujahr 1955 in Dover an Land gegangen. Ob er jetzt noch im Besitz dieses klassischen Mercedes war, konnten die Kollegen in Hastings nicht sagen. Leroux kannte sich mit Oldtimern, ihren Werten und der Art und Weise, wie sie gehandelt wurden, nicht im geringsten aus. Er musste einen Kollegen finden, der ihn aufklärte. Er rief Raphael an, den Kollegen vom Zoll. „Bonjour Raphael. Ca va? Du kennst dich doch mit Oldtimern aus." „Ja, das tue ich. Hast du in der Lotterie gewonnen und willst dir einen kaufen?", Joseph lachte. „Weder noch! Es hat mit einem aktuellen Fall zu tun. Ich möchte dein Fachwissen anzapfen. Weißt du etwas über lohnende Ungesetzlichkeiten auf dem Oldtimer-Markt?" „Etwas kompliziert", murmelte Raphael. „Aber du scheinst etwas zu wissen?" „Schon", antwortete Raphael gedehnt. „Störe ich gerade?" „Naja." „Wann passt es besser?" „Morgen früh, gleich um acht", war die Antwort. „Nicht eher?" „Ist es so eilig?" „Kann ich noch nicht sagen. Wir ermitteln in einem Mordfall und einem Einbruch." „Na gut, wenn es brandeilig wird, rufe mich noch einmal an, dann sehe ich, was ich für Dich herausfinden kann." Joseph legte auf und schlug mit der Faust auf den Tisch. Konnte es einmal in diesem vertrackten Fall unkompliziert zugehen? Auf jeden Fall mussten sie jetzt auch noch nach William Buffo fahnden. Hatten Sie ein Foto? Nicht lange faxen, dachte sich Joseph und rief die Kollegen in Hastings an. „Do you have a picture of William Buffo?" fragte er höflich. „Sorry, we don't", bedauerte Kommissar Turner. „But would it be possible to describe this person William Buffo?" Joseph hoffte inständig, die Kollegen erinnerten sich an Buffo aufgrund ihrer Befragung so, dass er ihn zur Fahndung ausschreiben könnte. Er hörte, wie Kommissar Turner mit jemandem flüsterte. „Well", sagte er schließlich. „The man seemed about fifty years old, curly, grey short hair, glasses with a dark brown frame, great, I would say 40 inches, slim." „Keine speziellen Merkmale? Keine Narben?" „Sorry, we don't know. When we interviewed him, I noticed a very strong scent – a cologne, or after shave, or body spray of some kind. It must have been Issey Miyake – it had a very particular, very identifiable smell. Very sorry, that we can't be of more help." Joseph bedankte sich herzlichst und war froh, dass er alles verstanden hatte. Sofort rief er Marc an und bat ihn um Genehmigung, eine internationale Fahndung ausschreiben zu dürfen. Mit seinem Segen verfasste er eine Mail und schickte sie an alle Dienststellen der Gendarmerie Nationale.

Wegen Einbruchs wird ein ca. 50 Jahre alter Mann gesucht, auf den folgende Beschreibung zutrifft: Ca. 1,80 Meter groß, graues, lockiges und kurzgeschnittenes Haar, schlank, Brille, dunkelbraunes Brillengestell. Benutzt sehr wahrscheinlich ein auffällig beißendes Eau de Toilette, Duftrichtung von Issey Miyake. Hinweise bitte umgehend an die Gendarmerie Nationale in Méze.

Für die internationale Fahndung sorgte Marc Majory persönlich, indem er sich an Europol wandte. Joseph schickte ein Stoßgebet zum Himmel und hoffte, aufmerksame Kollegen würden den Gesuchten bald finden. Es wäre aufbauend, mehr Licht in den Fall bringen zu können.

In der Mittagszeit rief Helene an. Er merkte an ihrem Tonfall, dass sie darauf brannte, ihm etwas Wichtiges mitzuteilen. „Hast du Papier und Bleistift griffbereit?", fragte sie ohne Umschweife. „Sicher", sagte Joseph und fischte ein leeres Blatt Papier aus dem Drucker. Sein Lieblingskugelschreiber lag vor ihm. „Bist du bereit?" „Bereit!" „Also", begann Helene. In ihrer Stimme lag ein gewisser Stolz. „In den letzten fünf Jahren sind in ganz Europa ein paar sehr kostspielige Oldtimer verschwunden. Sie wurden als gestohlen gemeldet und sind bis heute nirgendwo wieder aufgetaucht. Man munkelt, sie würden nach Osteuropa verschoben. Genauso gut könnte es sein, dass sie nach Amerika geschmuggelt wurden." „Keine Beweise?" „Aktuell keine Beweise!" „Um welche Art von Karossen handelt es sich?" „Porsche, Mercedes, Ferrari." „Und von welchen Summen sprechen wir?" „Oh Schatz! Bei den geklauten Porsche 911 handelt es sich um Peanuts im Vergleich zu den anderen. In Stuttgart wurde ein Exemplar als gestohlen gemeldet, dessen Wert mit 195 000 Euro angegeben wurde. Im französischen La Louvierre betrug der Verkaufspreis für einen 911er Turbo schon 245 000 Euro." „Das sollen Peanuts sein", stieß Joseph fassungslos hervor und schnappte nach Luft. „Warte, Liebling! Es geht weiter. Die Kronjuwelen wurden am Bodensee und in Hamburg entwendet. In Radolfzell wurde im letzten Jahr ein Porsche 959, Baujahr 1988 geraubt, Verkaufswert 1.495 000 Euro. Abgesehen von dem Diebstahl, wer gibt so viel Geld für ein Spielzeug aus. Kannst du das verstehen?" „Nein, kann ich nicht!", sagte Joseph. „Du hast noch mehr?" „Sicher." Sie schob ihre Empörung beiseite und gab ihm die restlichen Fakten durch. „Ein Ferrari 246 Dino GT, Verkaufswert 350.000 Euro, in Paris aus einer privaten Garage verschwunden. Dann ein Mercedes Benz aus der Serie Matching Numbers, Baujahr 1955, sollte die Kleinigkeit von 1,4 Millionen Euro bringen, hat jemand in Marseille ebenfalls aus einer privaten Garage mitgehen lassen. Händler, die solche Autos zum Verkauf anbieten, müssen mittlerweile große Summen für die Diebstahl-Versicherungen aufbringen." „Wo hast du überhaupt die Informationen her?", wunderte sich Joseph. „Internet!", erklärte Helene. „Bist du unter die Hacker gegangen?", staunte Joseph. „Fast!", flachste Helene. „Mehr verrate ich nicht! Vor allem nicht am Telefon. Feind hört mit!" „Danke dir! Vielleicht verrätst du mir in einer intimen Stunde mehr." „Kommt darauf an", sagte Helene und legte auf. Joseph wurde wütend. Leute, die siebenstellige Beträge für Autos ausgaben! Er konnte sich nicht vorstellen, dass sie so viel Geld mit ehrlicher Arbeit verdient hatten. An hungernde Kinder in Afrika durfte er nicht denken, dann hätte er keinen klaren Gedanken mehr fassen können. Er stand auf und holte sich einen Kaffee aus dem Automaten. Joseph trank nie Kaffee auf seiner Dienststelle. Aber das Telefongespräch mit Helene hatte ihn mehr aufgewühlt, als er zugeben wollte. Normalerweise würde Joseph Leroux zusammen mit seiner Frau in einer Kaserne leben müssen. Als Mitglied der Gendarmerie Nationale war er dem Militär und dem Innenminister unterstellt. Aber seit über einem Jahr kümmerten er und seine Frau Helene sich um seine Mutter, die aufgrund eines Schlaganfalls nicht mehr alleine wohnen konnte. Deswegen hatte er eine Ausnahmegenehmigung beantragt, um zu Hause wohnen bleiben zu dürfen. Zu seiner eigenen Überraschung war sie nach relativ kurzer Zeit positiv beschieden worden. Die dunkle Brühe in seinem Pappbecher war kaum genießbar und machte ihm wieder klar, welches Privileg er genoss. Er konnte nicht nur privat wohnen, sondern er durfte sogar zu Hause ordentlichen Kaffee trinken.

Kurz vor Feierabend rief ihn Lieutenant Mirabeau aus der Region Mourèze an. „Kollege Leroux, wir haben ihn!" „William Buffo?" Joseph verschluckte sich fast. „Genau den. Wie sollen wir verfahren?" „Bringt ihn her. Ich muss ihn dringend befragen." „Wird gemacht, Kollege. Wir

treffen in ungefähr 45 Minuten ein. A bientôt!" Endlich
ging es voran. Erleichtert drückte Joseph seinen Rücken
in seinem Bürostuhl durch, hob die Hände über dem
Kopf und dehnte seine Arme. Alsbald gab er Helene Bescheid, dass es später werden würde. „Nicht so schlimm",
beruhigte sie ihn. „Ich habe noch eine Konferenz mit den
Kollegen und der Schulleitung. Hoffentlich bringt die
Vernehmung einen Erfolg." „Das wünsche ich mir auch!"

William Buffo wirkte auf ihn wie ein Banker oder ein
Versicherungskaufmann, keinesfalls bestätigte er das Vorurteil, dass man einen Gangster gleich an der Visage erkennen würde. Er nahm gelassen in dem speziellen Verhörraum Platz, besah sich ausgiebig seine gepflegten
Fingernägel, zupfte ein wenig an der Nagelhaut herum
und schien vollkommen in sich zu ruhen. „Wo habt ihr
ihn gefunden?", wollte Joseph von Lieutenant Mirabeau
und seinem Kollegen wissen. „Allgemeine Verkehrs-
kontrolle", grinste Mirabeau. „Auf der D8 Richtung
Mourèze gibt es ein Teilstück mit einer Geschwindigkeitsbegrenzung. 30 Kilometer pro Stunde sind erlaubt, da
gehen sie uns reihenweise ins Netz, insbesondere die Fahrer von schnellen Flitzern. Mister Buffo, der am Steuer eines BMW Z4 saß, hatte wohl nicht damit gerechnet, dass
es auch am Lac du Salagou Verkehrskontrollen gibt. Die
Personenbeschreibung und das Foto auf seinem Führer-
schein waren sich ziemlich ähnlich. Er hat gar nicht erst
versucht, zu leugnen, dass er William Buffo ist." „Gut!
Vielen Dank für's Fischen. Ich mache mich jetzt daran,
ihn unter die Lupe zu nehmen." „Gestatten, Joseph
Leroux. Lieutenant der Gendarmerie Nationale." William
Buffo musterte Leroux aufmerksam, versuchte, ihn einzu-

schätzen. „William Buffo. Das wissen Sie bereits. Was genau veranlasst Sie, mich meiner Freiheit zu berauben?" Fast hätte Joseph ihn gefragt, ob er immer so gestelzt rede, aber er besann sich rechtzeitig. „Ihnen wird ein Einbruch vorgeworfen. Wo waren Sie in der Nacht von Mittwoch auf Donnerstag?" „Warum sollte ich Ihnen das auf die Nase binden?" „Ganz einfach. Sie waren bereits für zwei Nächte Gast auf La Lumière, also brauche ich Ihnen nichts über das Anwesen zu erklären. Und nun ist dort gezielt eine Wohnung aufgebrochen worden. Ihre Fingerabdrücke fanden wir in der ganzen Wohnung." „Woher wissen Sie, dass das meine Fingerabdrücke waren?", fragte Buffo herablassend. „Erinnern Sie sich nicht mehr an den Besuch der Kollegen in Hastings?" „Ach ja, die." William Buffo zuckte geringschätzig mit den Schultern. „Aber dann wissen Sie vielleicht auch, dass ich Adam während meines Aufenthaltes in der letzten Woche besucht habe. Sicher stammen die Abdrücke von diesem Besuch." Er lehnte sich zurück. „Das könnte man meinen Mister Buffo." ‚So leicht ziehst du deinen Kopf nicht aus der Schlinge' dachte sich Joseph. „Als wir die Leiche entdeckt und daraufhin die Wohnung untersucht haben, waren Fingerabdrücke von Ihnen nicht vorhanden." Leroux bemerkte ein winziges Zucken um seine Mundwinkel, aber William Buffo hatte sich sofort wieder im Griff. „Woher kannten Sie Adam Parsley?" „Adam war auf dem gleichen College wie ich, im selben Jahrgang." „Wann genau haben Sie ihn zuletzt gesehen?" „Meine Güte, das habe ich doch schon den Kollegen in Hastings gesagt. Letzte Woche Dienstag, das wissen Sie auch bereits. Der alte Knabe, ich war total geschockt, als ich von seinem Tod erfahren habe. Vor ein paar Tagen war er noch so lebendig." „Und darf ich fragen, wie Sie nach Hastings gereist sind?" „Wie meinen Sie das denn?" „Ich meine, ob Sie von Montpellier aus geflogen sind, oder sind Sie mit dem Thalys gefahren oder waren Sie mit einem PKW unterwegs?" „Ach so, das wollen Sie wissen. Nein, gewöhnlich benutze ich ein Automobil." „Sind Sie direkt von hier nach England gefahren oder haben Sie einen Abstecher gemacht?" „Ich habe einen Neffen in Freiburg besucht." „Und auch bei dem gewohnt?" „Nein, ich habe mir einen Aufenthalt im Hotel Colombi gegönnt. Wenn Sie wollen, wird die dortige Rezeption dies sicher bestätigen." „Aber Sie sind doch jetzt sicher nicht wieder die ganze Strecke mit dem eigenen PKW hier herunter gefahren." William Buffo verneinte dies. „Ich habe mir in Montpellier am Flughafen einen Leihwagen gemietet." „Nun, Mister Buffo. Ich würde sehr gerne wissen, was Sie in dem Gîte gesucht haben." „Ich denke nicht, dass ich Ihnen diese Frage beantworten muss. Ist irgendetwas gestohlen worden?" Leroux schwieg einen Augenblick. „Haben Sie Freunde hier in der Gegend?" „Ist diese Frage für die Untersuchung des Einbruchs relevant?" „Hat Adam Parsley Sie erpresst?" „Warum sollte er?", William Buffo grinste überlegen. Er spürte, dass Leroux im Nebel stocherte. „Ist es für Sie nicht fürchterlich, mit einem Mietauto durch die Gegend zu fahren? Sie sind doch gerne mit schicken Mercedes SL unterwegs. Hat der Ferrari Dino eigentlich in England einen adäquaten Besitzer gefunden?" „Woher soll ich das wissen?", bluffte Buffo. „Vor nicht allzu langer Zeit sind Sie in einem Classical Car gesichtet worden. Haben Sie es noch?" „Stehe ich etwa unter Beobachtung?" Buffo's Tonfall wirkte gekünstelt. „Sie haben meine Frage nicht beantwortet", sagte Joseph betont höflich. „Ach wissen Sie, ich liebe die Abwechslung. Ich bin gerne an unterschiedlichen Orten der Welt, ich lerne neue, interessante Leuten kennen und ich fahre nun einmal gerne alte Schätzchen." „Ganz besondere alte Schätzchen?", fragte Joseph lauernd. „Ist das verboten?" Buffo verschränkte demonstrativ die Arme vor der Brust. „Ich meine solche, deren Wert schon einmal eine Million übersteigt." „Warum nicht?" Buffo's Augen verengten sich zu schmalen Schlitzen. „Wie kommen Sie an solch teure Autos? Mir wurde gesagt, dass Sie chronisch pleite sind." „Gerüchte", konterte Buffo, „alles Gerüchte." „Einmal einen 959er Porsche mit vierhundertfünfzig PS fahren, das ist der Traum eines jeden Mannes", streute Leroux ein und schaute verträumt aus dem Fenster. „Das stimmt", sagte Buffo. „Adam Parley ist Ihnen auf die Schliche gekommen, stimmt's? Also, was haben Sie in L'Amelie gesucht? Irgendetwas, das Sie belastet hätte?" Leroux hoffte, dieser Bluff würde funktionieren. William Buffo starrte ihn an, verzog keine Miene und er sagte kein Wort. „Wir unterbrechen!", rief Leroux und verließ den Raum.

Draußen hätte er beinahe einen Kollegen umgerannt. Leroux stürmte in sein Büro, ließ sich frustriert auf seinen Stuhl fallen und wählte die Nummer seines Freundes Marc. „Marc, ich knacke diesen Kerl nicht. Ich bin mir sicher, dass er Dreck am Stecken hat, aber der ist so aalglatt wie eine Schlange. Was mache ich mit ihm?" „Du musst ihn laufen lassen. Die Computerspezialisten haben sich Parsleys Tablet vorgenommen. Es gibt Hinweise darauf, dass einige Dateien auf einer SD-Karte gespeichert wurden, aber die steckt nicht mehr drin. Vielleicht hat er danach gesucht. Das ist das einzige, was mir im Augenblick dazu einfällt." „Gut, dann habe ich noch einen Trumpf im Ärmel. Halte mich auf dem Laufenden, wenn du noch eine Idee hast." Joseph holte tief Luft. Buffo sollte noch ein paar Minuten zappeln, dann würde er erneut den Köder auswerfen. Bewusst forsch öffnete er die Tür zum Vernehmungsraum. „Wir haben sie", verkündete Leroux erfreut. William Buffo runzelte die Augenbrauen. „Sie haben was?" „Die SD-Karte, die Sie gesucht haben?" Buffo sprang auf. „Wo haben Sie sie…?" Zu spät! Er hatte sich verplappert. Er merkte es im gleichen Augenblick und sank zurück auf den Stuhl. Er stützte die Ellbogen auf den Tisch und vergrub den Kopf in seinen Händen. „Ja, Sie hatten Recht. Adam hat mich erpresst. Aber ich habe ihn nicht umgebracht. Ich wollte in England ein paar Sachen veräußern, um sie zu Bargeld zu machen. Dort erfuhr ich, dass er in der Zwischenzeit verstorben war. Deswegen bin ich noch einmal zurückgekommen." „Um den Mikrochip zu finden." Buffo nickte. „Und was finden wir Ihrer Meinung nach auf diesem Chip?" Plötzlich kehrte die Energie zu William Buffo zurück. „Sie haben überhaupt keinen Chip gefunden! Sie bluffen!" Wütend schoss Buffo hoch und ging ein paar Schritte zur Wand. „Rufen Sie auf der Stelle einen Anwalt. Ich sage nichts mehr." Leroux fluchte innerlich. Er musste Buffo laufen lassen. Er hatte nichts Konkretes gegen ihn in der Hand. Den Tatort hatte Buffo zwar ohne Erlaubnis betreten, aber sie wussten nicht einmal, ob er etwas gestohlen hatte. „Wir behalten Sie im Auge, Mister Buffo." Sie maßen sich mit unnachgiebigen Blicken, als Buffo an Leroux vorbei aus der Tür rauschte.

„Mist! Mist! Mist!" Joseph knallte zornig mit der Faust auf seinen Schreibtisch. Er hatte es verbockt. Aber noch gab er nicht klein bei. Er leitete unverzüglich die Überwachung William Buffos ein. Danach rief er Marc an. „Sag' einmal. Finden wir heraus, ob Adam Parsley mehr als einen Wohnsitz hatte?" „Warum willst du das wissen?", fragte Marc. „Irgendwie habe ich eine Ahnung, dass wir seine Wohnung in Hastings noch einmal gründlich untersuchen lassen sollten. Und ich vermute, dass er zusätzlich hier unten ein Versteck hatte, in Marseille wohlmöglich? Es kann doch sein, dass wir dort den Schlüssel zur Lösung unseres Falles finden. Buffo war gerade hier. Er ist auf meinen Bluff hereingefallen. Er hat die Wohnung auf La Lumière tatsächlich wegen eines Micro-Chips auf den Kopf gestellt, aber er hat ihn nicht gefunden. Und er hat zugegeben, dass Parsley ihn erpresst hat. Womit, hat er uns allerdings nicht verraten." „Du hast natürlich auch keinen Chip, richtig?" „Leider nicht, sonst wüsste ich mehr." „Ich schaue, was ich für Dich tun kann", versprach Marc Majory. Leroux wollte gerade seine Uniformjacke überziehen, als sein Mobilphone vibrierte. Er meldete sich. „Lieutenant Leroux! Ich habe etwas, das Sie interessieren könnte." Béatrice Pelzer klang nach Neuigkeiten. „Was gibt es denn?" Joseph war von dem Verhör mit Buffo noch angesäuert und er versprach sich von dem Gespräch nichts Aufregendes. Béatrice spürte das und sie beeilte sich, ihm mehr zu erklären. „Zufällig haben meine Gäste einen heftigen Streit zwischen den Damen Lisette und Michelle mitbekommen. Es ist sehr ungewöhnlich, dass mir ein derartiges Wortgefecht zu Ohren kommt. In der Regel sind unsere Gäste diskret, aber in diesem Fall..." „In Ordnung. Ich mache mich auf den Weg zu Ihnen."

Elisabeth Brackmann war immer noch ziemlich aufgebracht. „Sie haben sich angeschrien wie zwei Furien", berichtete sie und klapperte nervös mit ihren Augendeckeln. „Bitte der Reihe nach. Wo waren Sie, dass sie das Streitgespräch mithören konnten?", fragte Leroux sachlich. Elisabeth riss sich zusammen. „Ich kam aus der Richtung der Abbey, ich bin am späten Nachmittag gejoggt. Ich bin den kleinen Hügel hinauf und wollte ein wenig Abendluft und die letzten Sonnenstrahlen genießen. Von dort hatte ich einen wunderbaren Ausblick über die Landschaft. Außerdem duften die Pinien dort besonders gut. Die Damen haben mich überhaupt nicht bemerkt." Leroux hakte nach: „Standen Sie dort oder saßen Sie oder haben Sie die Frauen während des Laufens gesehen?" Elisabeth schlug nervös ihre langen Beine übereinander. „Ich hatte mich kurz dort hingestellt und auf einmal hörte ich laute Stimmen. Sie kamen von der anderen Seite, also von der Wiese her. Zuerst dachte ich, sie schlagen sich gleich. Es ist mir total peinlich, dass ich mich nicht bemerkbar gemacht habe, aber ich war so geschockt von dem, was ich dann gehört habe, glauben Sie mir, ich konnte mich nicht mehr von der Stelle bewegen." Nach einer kurzen Atempause fuhr sie fort. „Sie habe ihn umgebracht, hat sie gesagt." „Wer sagte das?", fragte Joseph gespannt. „Ich habe sie nicht gesehen", entschuldigte sich Elisabeth, „aber sie hatte eine ziemlich energische Stimme. Ich vermute, dass sie die ältere von den beiden war. Die vermutlich jüngere hatte eine wärmere Stimme. Trotzdem ist sie auf die andere losgegangen und hat geschrien, sie habe genug von ihr. Die Ältere hat dann gesagt, es sei ein Versehen gewesen, worauf die andere wiederum gekreischt hat, das sei ihr egal. Mehr konnte ich nicht verstehen, weil sie weiter gegangen sind. Ist das nicht schrecklich?" „Madame …?" „Oh, ich habe mich gar nicht vorgestellt. Elisabeth Brackmann." „Ich danke Ihnen sehr, Madame Brackmann! Sie haben uns mehr geholfen, als Ihnen klar ist." Nachdem Elisabeth Brackmann gegangen war, eilte Leroux zur Rezeption. „Wo finde ich die Damen Lisette und Michelle?", fragte er Béatrice hastig. „Sollen sie hierher kommen oder wollen Sie zu ihnen?" „Ich glaube, ich würde sie lieber überraschen." „Okay, ich zeige es Ihnen." Béatrice, heute in einem hochgeschlossenen, grauen Kleid, schloss die Rezeption ab und bedeutete Joseph, ihr zu folgen. Über einen verschlungenen Kiesweg gelangten sie in einen Innenhof, dessen Blickfang ein großes Wasserbecken mit einem antiken Wasserspeier war. An riesigen Pflanztöpfen mit weißem Oleander vorbeigingen sie über einen plattierten Weg und von dort aus auf eine versteckt liegende Terrasse. „Hier ist es", erklärte Béatrice. „Aber es sieht ganz so aus, als seien die Damen ausgeflogen."

Beide Türen waren geschlossen, ein Blick in das geräumige Wohnzimmer genügte um zu sehen, dass sich keine der Frauen dort aufhielt. „Vielleicht machen sie einen Mittagsschlaf?", überlegte Leroux. „Das könnte natürlich auch sein", bestätigte Béatrice seine Überlegungen. „Ich probiere es", sagte Joseph entschlossen und klopfte laut an die hintere Glastür. Leroux klopfte zum dritten Mal. Er formte seine Hände zum Trichter und verstärkte sein Rufen. „Madame Michelle! Madame Lisette!" „Könnten Sie nicht etwas diskreter sein?", bat ihn Béatrice und hoffte inständig, dass andere Feriengäste nichts von dem Aufruhr mitbekommen würden. „Madame Pelzer, es geht um Mord oder Totschlag, eines von beiden, da ist Diskretion

fehl am Platz." Leroux's Nerven hatten gelitten. „E.T. nach Haus' telefonieren!", quakte plötzlich eine Kinderstimme. „Was ist das denn?" Joseph schaute Béatrice irritiert an. „Das hat mir meine Tochter verehrt. Ich habe es als meinen persönlichen Benachrichtigungston für Kurznachrichten auf meinem Handy eingestellt", entschuldigte sich Béatrice. „Ach so!" Im oberen Stockwerk öffnete eine sichtlich verschlafene Lisette das Fenster und schaute nach unten. „Was gibt es?", fragte sie gähnend. „Ich muss Sie beide dringend sprechen." Leroux ließ keinen Zweifel an der Dringlichkeit aufkommen. „Schon wieder?", stöhnte Lisette. „Einen Augenblick, ich wecke Michelle." Kurze Zeit darauf öffnete Lisette die Tür. Sie hatte sich einen bunten Kaftan übergeworfen und wirkte etwas aufgeräumter. „Trinken Sie einen Kaffee mit uns?", fragte sie freundlich. „Vielen Dank, aber im Augenblick nicht." „Bitte, nehmen Sie am Esstisch Platz. Zum Plaudern sind Sie sicher nicht gekommen."
Lisette rückte einen der rustikalen Stühle zurecht und setzte sich vor das Kopfende des Tisches. Leroux saß links von ihr. Michelle kam in einem bequemen Hausanzug aus dunkelblauem Samt die Treppe hinunter. „Sie schon wieder", begrüßte sie Leroux wenig erfreut. „Etwas mehr Freundlichkeit stünde Ihnen gut zu Gesicht", wies Leroux sie zurecht. „Zumal ich ernste Fragen habe, die Sie mir beantworten müssen." „Da bin ich aber gespannt", sagte Michelle ironisch lächelnd. Statt auf ihren Sarkasmus einzugehen, konfrontierte Leroux sie mit der Aussage Elisabeth Brackmanns. „Ein Gast wurde gestern unfreiwillig Zeugin eines erbitterten Streites mit Ihrer Freundin Lisette. Sie haben gesagt, dass sie Parsley aus Versehen umgebracht hätten. Was können Sie mir dazu sagen?" Michelle

starrte den Lieutenant fassungslos an, als ob sie das Gehörte erst verarbeiten müsste. Dann begann sie hysterisch zu lachen. Lisette sah Joseph Leroux ebenso verständnislos wie fragend an. So plötzlich, wie sie in Gelächter ausgebrochen war, so abrupt hörte Michelle wieder auf. „Sie glauben, ich hätte den Mann umgebracht, der sich für Jerome Magerbeck ausgegeben hat?" Michelle schüttelte den Kopf. „Tststsss...! Den Magerbeck! Ja, dem hätte ich gerne eine Abreibung verpasst. Ich würde ihn aber nicht töten. Ich würde ihn vierundzwanzig Stunden in ein Zimmer einsperren und ihm Filme von KZ-Überlebenden nach der Befreiung durch die Amerikaner zeigen, abwechselnd mit Bildern von hungernden Kindern in Madaja." „Wo liegt Madaja?", unterbrach Leroux ihren Redefluss. „Das liegt in Syrien. Haben Sie es nicht in den Nachrichten gehört? Syrische Regierungstruppen haben die Stadt seit vier Monaten belagert. Die Bewohner ernähren sich von Gras und von ihren Haustieren." Allen dreien stand der Abscheu im Gesicht geschrieben. „Zurück zu Magerbeck. Was macht er mit all seinem Geld? Spendet er etwa für die Therapie der Mädchen, die an Magersucht leiden? Oder überweist er ein paar Tausender an die siebenhundertfünfundneunzig Millionen Menschen auf der Welt, die nicht genug zu essen haben? Weit gefehlt. Angeblich hat er in den letzten sechs Jahren zwanzig Millionen Euro an der Steuer vorbei ins Ausland geschleust." Michelle lachte hysterisch. „Wenn Sie mich fragen, er bucht nur unterernährte Models, damit er bei der Verarbeitung erlesener und kostbarer Stoffe sparen kann, noch mehr sparen." „Was hat er Ihnen persönlich eigentlich getan?", fragte Leroux unvermittelt. „Dieses arrogante A... hat meine wunderbare Lisette als fette Schnecke bezeichnet. Das ist Grund genug, um ihm an die Gurgel zu wollen." „Sie behaupten demnach, Sie hätten mit dem Tod von Adam Parsley nichts zu tun? Von wem war dann die Rede bei ihrem lautstarken Streit? Wen haben Sie aus Versehen umgebracht?" „Ach das!", rief Lisette aus. „Michelle hat am späten Nachmittag, als es schon dämmerte, aus Versehen einen Fasan überfahren." „Einen Fasan?", echote Leroux ungläubig. „Ja, hat sie. Ich fand, sie ist unverantwortlich schnell auf dieser Holperstrecke gefahren. Plötzlich tauchte aus dem Nichts dieser Vogel auf, stand mitten auf der Straße. Michelle konnte nicht mehr rechtzeitig bremsen. Es hat so fürchterlich geknallt. Die ganze Stoßstange war mit Blut verschmiert. Der arme Vogel war sofort tot." Lisette's Augen füllten sich mit Tränen. Es dauerte eine Weile, bevor sie wieder sprechen konnte. „Ich habe ihr im Wäldchen hinter La Lumière eine Szene gemacht. Tiere leiden genauso wie wir Menschen. Sie hätte einfach besser aufpassen müssen und nicht so schnell fahren dürfen." Joseph reichte ihr ein Taschentuch, mit dem sich Lisette ihre Schniefnase putzte. ‚Wie gut, dass ich so glücklich mit Helene verheiratet bin', dachte Leroux unwillkürlich. Er wäre beim Anblick der empfindlich wirkenden Lisette glatt dahingeschmolzen. „Woher wussten Sie, dass Adam Parsley den echten Magerbeck kopierte?", wandte er sich an Michelle. Michelle wirkte entspannter. Sie registrierte, dass Leroux bereit war, ihr zu glauben. „Ich kenne Jerome seit meiner Kindheit, ich bin mit ihm in die gleiche Klasse gegangen, in einem kleinen Dörfchen im Limousin." Sie machte eine Pause. „Als Kind habe ich ihn vergöttert, aber er hat von all dem nichts bemerkt. Er war ..." Sie überlegte einen Augenblick. „Er war etwas Besonderes, ziemlich klug und er sah unverschämt gut aus, obwohl ... seine Kleider haben immer ein bisschen muffig gerochen." Sie lachte bei der Erinnerung. „Kaum vorstellbar, dass er heute Parfüm verkauft." Nachdenklich schaute sie in unbestimmte Ferne. „Er ist irgendwann aus unserem Dorf verschwunden. Jahre später tauchte er plötzlich als angesagter Designer in Modezeitungen wieder auf. Zuerst dachte ich daran, mit ihm Kontakt aufzunehmen. Aber dann erdreistete er sich, meine beste Freundin als fette Schnecke zu bezeichnen, die sich am besten gar nicht mehr in der Öffentlichkeit zeigen sollte. Als Lisette mir erzählte, dass er hier fast nebenan wohnte, wäre ich ihm am liebsten gleich an die Gurgel gegangen." Sie schaute dem Lieutenant trotzig in die Augen. Lisette legte ihr freundschaftlich eine Hand auf den Arm. „Michelle, reite Dich nicht herein. Erzähle auch noch den Rest." Michelle nickte. „Du hast Recht! Ich habe ihn am Strand gesehen. Während Lisette in ein Buch vertieft war, bin ich ihm hinterher gerannt. Ich wollte ihn zur Rede stellen, habe ihn eingeholt und angesprochen. Er hat ziemlich komisch reagiert, schien sich weder an mich noch an unsere gemeinsame Schulzeit in Chateau-Neuf la Foret zu erinnern. Masléon sagte ihm nichts und er leugnete, Lisette zu kennen. Ich mochte es zuerst nicht glauben, ich dachte, er will mich hochnehmen." „Wie haben Sie denn nun herausgefunden, dass er nicht Jerome war?", wollte Leroux wissen. „Ganz einfach. Als ich Gewissheit haben wollte, habe ich ihn „Romy" genannt. Der echte Magerbeck hätte einen Tobsuchtsanfall bekommen, jedenfalls wäre das ein Reizthema für ihn gewesen. Dieser Kerl ging darüber hinweg, er reagierte gar nicht, stutzte ein wenig, aber sonst kam nichts. Da war mir klar, dass ich es mit einem Doppelgänger von Jerome Magerbeck zu tun hatte." Erschöpft sah sie Leroux an und wartete auf seinen Kommentar. Dann ergänzte sie: „Vielleicht hat es der mögliche Täter auch eher auf den echten Magerbeck abgesehen." Leroux sank innerlich in sich zusammen, äußerlich war ihm nichts anzumerken. Seine Hoffnung, den Fall abzuschlie-ßen, schwand dahin. Die Aussicht, auch weiterhin im Nebel zu stochern, stimmte ihn nicht gerade euphorisch. Lisette spürte seine Resignation. „Möchten Sie ausnahmsweise einen Cognac trinken?", fragte sie mitfühlend. „Avec plaisir! Aber bitte nur einen Fingerhut voll", sagte Leroux müde lächelnd. Lisette erhob sich leichtfüßig von ihrem Stuhl und ging zu einem hübschen Küchenschrank. Sie entnahm ihm eine schlanke Halbliterflasche und goss einen Finger breit goldbraunen Cognac in ein Wasserglas. „Entschuldigen Sie bitte, aber einen richtigen Cognac-Schwenker konnte ich nirgends entdecken." „Echte Cognac-Schwenker gibt es sicher nur in dem Gîte, das Magerbeck alias Parsley angemietet hat", ergänzte Michelle und lächelte hintergründig. „Mir macht es nichts aus, Cognac aus einem Wasserglas zu trinken", lenkte Leroux ein. „In Hotels lassen Gäste erfahrungsgemäß vieles mitgehen. Selbst betuchte Menschen schrecken nicht davor zurück, Handtücher, Bademäntel und silberne Löffel als Souvenir einzustecken, warum nicht auch Cognacschwenker." Leroux gestattete sich, seinen Dienst zu beenden und erhob sein Glas. Wieder kein Durchbruch. Resigniert fuhr er auf Schleichwegen nach Hause. Helene, die manchmal über den siebten Sinn verfügte, tröstete ihn mit einer köstlichen, frischen Bouillabaisse und einer Crème Brulée zum Nachtisch.

Samstag

Als er am Morgen sein tristes Büro in der Gendarmerie in Méze betrat, erwartete er nichts. Lustlos setzte er sich an seinen nüchternen, hellgrauen Schreibtisch und schaltete den Computer ein. Die Kollegen, die dem Distrikt des Lac du Salagou zugeordnet waren, hatten ihm eine Mail geschickt. „Buffo in der Auberge Val Mourèze eingetroffen. Alles ruhig. Keine Aktivitäten. Wir melden uns." Eine weitere Mail von Madame Pelzer steigerte seinen Missmut. Die drei abgereisten Familien, die La Lumière an dem fraglichen Samstag verlassen hatten, gehörten zu der unauffälligen Mehrheit der Bevölkerung. Keine Anhaltspunkte für irgendwelche kriminellen Machenschaften. Alle lebten in geordneten Verhältnissen, waren gut situiert und bis auf einige Rotlichtverstöße noch nie durch gesetzwidrige Tätigkeiten aufgefallen. Joseph ging aufmerksam seine bisherigen Aufzeichnungen durch. Musste er dem Kellner Jaques noch einmal auf den Zahn fühlen? Hatte das Augenzucken des Gärtners Pierre mehr als eine nervöse Störung zu bedeuten oder musste er es als Hinweis auf ein begangenes Verbrechen deuten? Aber dafür gab es eigentlich keine Anhaltspunkte. Ihn überfiel ein ganz neuer Gedanke. Was war mit den Pelzers? Bisher hatte er sie völlig aus seinen Überlegungen herausgehalten. Aber welches Motiv sollten Sie haben? Zwei Stunden später meldeten sich die Kollegen Philibert und Dumont, die Buffo überwachten. Sie riefen über ihr Diensthandy an. „Der feine Herr hat sich ein Taxi genommen und ist auf dem Weg nach Marseille", berichtete Philibert. „Ihr seid mit einem neutralen Fahrzeug unterwegs?", vermutete Leroux. „Selbstverständlich! Sollte sich Buffo Richtung

La Castellane begeben, könnten wir allerdings Schwierigkeiten bekommen. Die Leute dort haben den sechsten Sinn und erkennen jedes noch so gut getarntes Polizeifahrzeug. Dann dürfte die Verfolgung kompliziert werden. Also, hoffentlich ist er zu einem anderen Stadtteil unterwegs." „Hoffen wir es. Ich wünsche Euch und mir viel Erfolg."

Es blieb ein frommer Wunsch. Buffo's Taxi steuerte genau auf die Rue de Lyon zu und verschwand nach wenigen Minuten in dem Boulevard des Italiens. Dort verloren sie binnen kürzester Zeit seine Spur. Wie von Geisterhand verstellte ihnen plötzlich ein Lieferwagen den Weg, die Männer eines Müllwagens auf der gegenüber liegenden Straßenseite packten umständlich Müllsäcke in das Fahrzeug, so dass sie nicht von der Stelle kamen. Philibert und Dumont schäumten vor Wut. „Jetzt kriegen wir den nicht mehr! Merde!", schrie Dumont. „Das sieht verdammt nach Absicht aus", ergänzte Philibert. „Bestimmt hat uns so ein chouf längst aufgespürt. Hätten wir uns denken können. Diese Aufpasser stehen an jeder Ecke und sind so unauffällig gekleidet, dass man sie glatt übersieht." Philibert kratzte sich nachdenklich am Kinn. „Eigentlich schade, dass sogar Zidane seine Fußballakademie nicht in seinem eigenen Viertel sondern bei Aix-en-Provence errichtet hat. Vielleicht hätte dann der eine oder andere Lausejunge wenigstens eine Chance, über den Sport diesem Milieu zu entkommen." Aber Dumont schlug mit der flachen Hand auf das Lenkrad, um sich abzureagieren. „Hör' doch auf. Mit deiner Wut veränderst du nichts. Was Defferre verbockt hat, lässt sich nicht im Handumdrehen wieder gutmachen." Philibert versuchte, seinen

Kollegen zu beruhigen. Dumont sah ihn verständnislos an. „Gaston Defferre, Bürgermeister von sozialistischen Gnaden. Hat von 1953 bis 1986 in Marseille regiert." „Und was hat er verbockt?" „Hat den ganzen Stadtteil systematisch isoliert! Im Norden haben sie mehrheitlich die Kommunisten gewählt, deswegen! Defferre hat ihnen nicht einmal eine eigene Metrolinie gebaut. Ist doch kein Wunder, wenn es hier kriminell zugeht. Fünfzig Prozent der Bewohner leben unterhalb der Armutsgrenze". „Wieso? Von 1986 bis 2016, das sind dreißig Jahre! Da hätte man genügend Zeit gehabt, um etwas zu tun", begehrte Dumont auf. „Tja, du kennst doch die Sozialisten, die machen immer nur da etwas, wo ihre Wähler wohnen. Klientelismus gab und gibt es nicht nur bei Defferre. Um diesen Sumpf hier grundlegend zu ändern, da müssten wahrscheinlich alle Parteien zusammen arbeiten. Davon kannst du nur träumen. Aber lass uns das Thema wechseln. Wie wäre es mit einem Umweg über Méze?" „Lieutenant Leroux besuchen?", wollte Dumont wissen. „Genau! Hören wir von ihm, worauf wir demnächst bei Buffo achten müssen. Falls er jemals wieder bei uns in der Gegend aufkreuzt."

Während der letzten vierzehn Tage war Mariusz in Polen bei seiner Familie gewesen. Heute arbeitete er zum ersten Mal wieder mit Sebastian zusammen. Sie vergrößerten ein Fenster im Erdgeschoß des Gîte Ritorno, gossen einen neuen Sturz und schmiedeten das Fensterkreuz aus flachem Eisen. Zuerst berichtete Sebastian natürlich von den Aufregungen rund um Jerome Magerbeck alias Adam Parsley. Dann fragte er: „Wie war es in Polen?" „Gut! Sehr gut! Viele schöne Frauen." Er deutete mit seinen schmalen Fingern weibliche Rundungen an. Sebastian lachte. „Alter Schwerenöter. Du bist doch glücklich verheiratet." Er schalt Mariusz mit dem Zeigefinger. „Und sonst?" „Oh, habe ich gesehen altes, schönes Auto." Mariusz schnalzte mit der Zunge. „Klar, alle unsere alten Schrott- karren gehen nach Polen, überhaupt in den Osten. Die verstehen es, die noch zu reparieren", sagte Sebastian. „Nicht Schrottkarre! Alter Porsche 959, Baujahr 1988. Stand in Autohaus Breslau." „Das kann nicht sein", rief Sebastian aufgeregt. „Weißt du, was der kosten sollte?" „Kleinigkeit von sechshunderttausend." Mariusz vergaß, beim Sprechen den Mund zu verdecken und entblößte eine Reihe renovierungsbedürftiger Zähne. „Dann ist das Auto geklaut oder eine Fälschung. Das Modell kriegst du nicht unter einer Million", sagte Sebastian, der sein Geld früher mit dem Verkauf gut erhaltener Gebrauchtwagen verdient hatte. Mariusz riss die Augen auf. Aber dann zuckte er mit den Achseln. „Wenn geklaut, Versicherung zahlt. Ist egal." Mariusz wollte sich wieder seiner Arbeit zuwenden, aber Sebastian brachte ihn auf eine Idee. „Vielleicht zahlt Dir die Versicherung eine Prämie, wenn du ihr Informationen über das gestohlene Fahrzeug geben kannst." „Kann sein, kann nicht sein." Wieder zuckte Mariusz mit den Achseln. Sebastian ließ nicht locker. „In welchem Autohaus war das? Hast du den Namen?"

Statt einer Antwort holte Mariusz sein neues Smartphone aus der Hosentasche, tippte ein paar Male auf das Display und zeigte Sebastian stolz ein Foto von dem Porsche. „Das ist er! Das ist er!", Sebastians Stimme überschlug sich fast. „Wie heißt nun das Autohaus. Hast du davon auch ein Foto?" „Warte." Mariusz scrollte weiter, bei dem vierten Foto war der Schriftzug des Autohauses zu erkennen, aber nur als Spiegelung auf dem gegenüber liegenden Frisörsalon. „Mach‘ das mal größer." Sebastian war überzeugt davon, dass sie einem Autodieb auf den Fersen waren. „Samochodowy Wroclawski" entzifferten sie mühsam. „Ist das der Name?" Mariusz's Lachen klang wie das Meckern einer kleinen Ziege. Diesmal hielt er sich die Hand vor den Mund und sagte: „Das heißt Autohaus Breslau." „Komm! Wir finden die Telefon-Nummer heraus. du rufst an und fragst, ob das Auto noch zu verkaufen ist." Mariusz war damit einverstanden. „Was machen wir dann?" „Du fragst, ob für das Auto ordnungsgemäße Papiere vorhanden sind." „Das kannst du vergessen. Entweder haben sie Porsche rechtmäßig erworben, dann sie beleidigt und legen sofort auf oder es handelt sich um zwielichtiges Geschäft, dann sie sind gewarnt. Papiere werden sie haben auf jeden Fall." „Okay, dann frage, wie der Vorbesitzer heißt und aus wievielter Hand das Auto stammt." Einmal ins detektivische Fahrwasser geraten, dehnten sie ihre Frühstückspause aus und legten los. Schon bald hatten sie die Telefonnummer des Autohauses herausgefunden. Mit der Telefonverbindung hatten sie weniger Glück. Zuerst mussten sie ihren Standort wechseln. Sie gingen auf die große Wiese hinter dem Anwesen. Beim dritten Versuch störten weder Knacken noch Fremdstimmen die Kommunikation. Der Porsche war noch nicht verkauft, aber ein ausländischer Interessent hatte eine Probefahrt vereinbart. Der Wagen sei aus dritter Hand und der Vorbesitzer heiße William Buffo. Nachdem Mariusz die Mobilnummer von Buffo notiert hatte, verabschiedete er sich wortreich und bat darum, den Porsche in den nächsten Tagen noch einmal besichtigen zu dürfen. Nachdem sie das Telefonat mit Breslau beendet hatten, wählten sie gleich die Mobilnummer von William Buffo. Fast hätte Sebastian gewettet. Als aus dem Lautsprecher eine Automatenstimme tönte: „Diese Nummer ist nicht geschaltet", schlug er sich triumphierend auf den Oberschenkel. „Habe ich es mir doch gedacht!" „Was wir machen jetzt?" „Warte einmal". Sebastian legte die Stirn in Falten. „Buffo! Buffo! Den Namen habe ich schon einmal gehört." Er dachte angestrengt nach. „Ich hab's! Der war für ein paar Tage hier! Ich fasse es nicht. Genau in der Zeit, als der Mann verschwunden ist. Das ist ein Fall für die Gendarmerie, für den Lieutenant Leroux." Schon eilte Sebastian davon und ließ den verblüfften Mariusz einfach stehen. Von Béatrice Pelzer bekam er die Telefonnummer von Leroux. Der war hocherfreut, als er von der heißen Spur hörte. „Jetzt haben wir ihn." Joseph Leroux rieb sich die Hände. „Wahrscheinlich", fügte er kleinlaut hinzu.

Ungefähr gleichzeitig trafen die zerknirschten Gendarmen Philibert und Dumont ein. Sie berichteten Leroux von ihrer missglückten Verfolgungsjagd. „Jungs, habt ihr den Eindruck, dass Buffo noch einmal in die Auberge Val Mourèze zurückkehrt? Hatte er Gepäck dabei?" Beide schüttelten einvernehmlich den Kopf. „Dann wartet dort auf ihn. Irgendwann wird er zurückkommen und dann nehmen wir ihn fest." Froh, dass Leroux sie nicht zur Schnecke gemacht hatte, baten sie darum, mehr über den Fall zu erfahren. Leroux klärte sie auf und berichtete alles, was er bisher wusste. „Dann wollen wir mal", sagte Philibert zu Dumont. Sie verabschiedeten sich von Leroux und machten sich auf, um William Buffo bei seiner Rückkehr zu empfangen.

Kurze Zeit später rief Marc Majory an. „Du hattest einen guten Riecher, Joseph", bestätigte Marc. „Parsley hat tatsächlich einen weiteren Wohnsitz, und zwar in Marseille. Nicht in irgendeinem Stadtteil, sondern ausgerechnet in Le Panier." „Tatsächlich? In dem ehemaligen Fischerviertel? Ich möchte zu gerne wissen, woher er das Geld hatte. Kannst du einen Durchsuchungsbeschluss für die Bude erwirken?" „Ich rede mit dem örtlichen Staatsanwalt. Ich glaube nicht, dass es Probleme gibt, wenn ich ihm die Faktenlage schildere. Das wird frühestens morgen der Fall sein. Ich hoffe, du hast bald Feierabend. Grüße Helene von mir." „Das mache ich gerne. A bientôt." Aber noch hatte Leroux keinen Feierabend. Er schickte eine Mail an die Kollegen in Hastings und bat sie darum, die Wohnung von Adam Parsley zu untersuchen. Vor allem sollten sie sich nach einem Laptop, einem Computer oder einem Tablet umschauen. Sie sollten nach Dateien suchen, die für eine Erpressung benutzt werden könnten. Es gebe Anhaltspunkte für eine groß angelegte Hehlerei mit Luxuskarossen, in England Classical Cars genannt. „Wie sieht es mit Ihren Erkenntnissen über William Buffo aus? Können Sie uns alles mitteilen, was Sie über ihn wissen?" Während er die Mail verfasste, überlegte er, wie die Zusammenarbeit mit den Engländern sich entwickeln würde, sollte Groß-Britannien aus der EU austreten. Ob kurze Dienstwege dann wieder der Vergangenheit angehören würden? Müde fuhr er das System des Computers herunter, verließ sein Büro und fuhr nach Hause.

Joseph Leroux schlief schlecht in dieser Nacht. Adam Parsley war aus dem Kühlschrank des Leichenschauhauses ausgebrochen, klingelte an seiner Haustür und zog ihm eine lange Nase. William Buffo fuhr in einem schicken Ferrari durch seinen Garten und grinste frech, als er ihn verhaften wollte. Béatrice und Bernard Pelzer beschwerten sich beim obersten Kommissariat, weil er bei seinen Ermittlungen versagt hatte. Sekunden später hatte er sich in einem Gewirr von Papierschnitzeln verfangen. Irgendjemand hatte seine kompletten Aufzeichnungen in den Aktenvernichter gesteckt. Joseph versuchte verzweifelt, sie mit Pattex wieder zusammen zu kleben. Eine Polizeistreife jagte durch Marseille, wurde aber von Drogendealern abgedrängt und landete im Hafen von Le Panier, wo sie zwischen Yachten ins Wasser kippte. Die Sirene jaulte, obwohl das Auto langsam versank, und sie jaulte weiter, als längst nichts mehr von dem Fahrzeug zu sehen war. Joseph Leroux wurde endlich wach, versetzte dem jaulenden Wecker einen kräftigen Schlag, rieb sich die Augen und befühlte seinen schmerzenden Kopf.

Der Duft von frischem Kaffee und geröstetem Toast stieg ihm in die Nase, das veranlasste ihn, augenblicklich aus dem Bett zu springen. Helene wünschte ihm einen guten Morgen. „Joseph, du siehst aus, als brauchtest du dringend Urlaub, oder aber einen Durchbruch bei dem Fall. Vielleicht …" „Vielleicht, vielleicht! Ich kann es nicht mehr hören", beschwerte sich Joseph, entschuldigte sich aber gleich wieder. „Ich bin ungerecht, du kannst ja nichts dafür. Aber es könnte wirklich sein, dass wir Buffo heute oder morgen schnappen. Ich bin gespannt, ob er uns dann mehr erzählt." „Glaubst du, es ist etwas dran an der Autogeschichte?" „Oh ja. Wir haben gestern eine Spur von einem Nobel Oldtimer gefunden, sie führt wahrscheinlich von Marseille direkt nach Breslau." „Es wäre schön, wenn du dich dann wieder der liegen gebliebenen Arbeit zuwenden könntest." „Du hast so Recht." Joseph nahm den letzten Schluck Kaffee, dann stand er auf, um sich von Helene zu verabschieden.

Während er zum Dienst fuhr, erhielt er einen Anruf von Marc. „Bonjour, mon ami", begrüßte ihn Marc fröhlich. „Stell' Dir vor, meine Kollegen haben sich bereits gestern Abend die Wohnung von Adam Parsley in Marseille angesehen. Er hatte ein kleineres Apartment in der Montée des Accoules gemietet, das ist ganz in der Nähe des Hafens." Marc machte bewusst eine kleine Pause. „Spanne mich nicht auf die Folter", bat Joseph. Er hatte seinen Peugot vor der Cote de Patisserie geparkt und liebäugelte mit einem ofenwarmen Sacristains für die Frühstückspause. „Also, was haben sie gefunden?" „Das, was du am meisten suchst", trumpfte Marc auf. „Den Chip?" „Den Chip!" „Wo? Wo haben sie ihn gefunden?" Aufgeregt kurbelte Leroux das offene Autofenster hoch, damit kein ungebetener Zuhörer etwas aufschnappen könnte. „Der Zufall hat uns geholfen, das heißt, den Kollegen. Wir hatten schon die ganze Wohnung vergeblich auf den Kopf gestellt und waren kurz davor, aufzugeben. Aber dann kam einer von den älteren Beamten auf eine Idee. Jemand hatte einen ganzen Stapel Post vor der Tür abgelegt, die hatten wir zunächst auf den Küchentisch gepackt. Dieser Beamte, Antoine Balaruc, ist ein leidenschaftlicher Briefmarkensammler und er nahm sich den Postberg noch einmal gründlich vor. Dabei fiel dem Kollegen eine besonders hübsche Briefmarke auf. Der Brief war an Adam Parsley mit dem Vermerk ‚Persönlich' adressiert, kein Absender." „Ja, und? Ich habe jetzt nicht gehört, dass ihr das Briefgeheimnis absichtlich verletzt habt", tadelte Joseph seinen Freund scheinbar vorwurfsvoll. „Das Briefgeheimnis eines Toten?", konterte Marc und fuhr fort: „Ja, er hat den Brief geöffnet, aber ich habe ihm telefonisch meinen Segen gegeben. Balaruc ist äußerst gewissenhaft und hat mich angerufen. Und stell Dir vor, welch ein Zufall! Weil er so ein mittelalterliches Hobby pflegt und versessen auf die Briefmarke war, hat er genau das gefunden, wonach wir alle fieberhaft gesucht haben." „Eine Micro-SD-Karte!", rief Joseph aus. „Richtig! Die ist so irre klein, man glaubt es nicht. Wenn früher von einer Stecknadel im Heuhaufen die Rede war, so müsste man das heutzutage ummünzen auf die SD-Karte im Elektroschrottberg oder …" „Wann habe ich die auf meinem Schreibtisch?", fiel ihm Joseph ins Wort. „Joseph, Deine Ungeduld konntest du noch nie bezähmen." Marc lächelte, Joseph hörte es an seinem Tonfall. „Ich habe die Kollegen gebeten, sie gleich heute Morgen per Express zu dir zu bringen, ist das schnell genug?" „Der Tag fängt gut an. Ich danke dir", frohlockte Joseph. „Und entschuldige bitte, wenn ich Dich vorhin unterbrochen habe. Aber es brennt mir unter den Nägeln." „Schon gut", beschwichtigte Marc. „Wir sehen uns!"

Fröhlich leise vor sich hin pfeifend betrat Leroux die Patisserie, flirtete mit der jungen Verkäuferin und ließ sich ein Sacristains einpacken. Tapfer widerstand er der Versuchung, gleich vor der Tür in die duftende Gebäckstange mit Mandeln und Marzipan zu beißen. Dann fuhr er schnurstracks zu seiner Dienststelle. Er hatte gerade seine Uniformjacke aufgehängt, den Computer eingeschaltet und das Fenster geöffnet, da klopfte es bereits. Ein junger Gendarm trat ein, grüßte und händigte ihm einen kleinen Plastikbeutel mit der SD-Karte aus. „Einen schönen Gruß vom Staatsanwalt", sagte der junge Mann leicht grinsend, bevor er sich wieder zum Gehen wandte. Leroux ignorierte das Grinsen und wollte sich sofort in die Arbeit stürzen. Er brannte darauf, der SD-Karte seine Geheimnisse zu entlocken und steckte die Karte, die fast nicht größer als der Nagel seines kleinen Fingers war, in einen Adapter und den wiederum in den Kartenleser seines Computers. Mit Spannung wartete er darauf, dass sein PC den Chip erkannte. Welche Daten sich auf diesem winzigen Wunderwerk der Technik verbergen mochten? Gerade nahm er erleichtert wahr, dass der Computer die Daten freigab, als sein Dienstapparat klingelte.

Ein Blick auf das Display verhieß nichts Gutes. Die Nummer offenbarte, dass am anderen Ende sein oberster

Dienstherr darauf wartete, dass er den Hörer abnahm. Leroux seufzte. Gewöhnlich hieß das, dass er sich in den nächsten Stunden mit neuen Dienstvorschriften oder Gesetzesänderungen beschäftigen musste. Ausgerechnet jetzt. „Lieutenant Leroux! Ich darf Sie bitten, in mein Büro zu kommen", schnarrte sein Vorgesetzter, General Mathieu. „Jetzt sofort? Ich stecke in äußerst wichtigen Ermittlungsarbeiten", versuchte Leroux sich dem Klammergriff des Generals zu entwinden. „Keine Widerrede. Ich erwarte Sie in einer Stunde." Der General hatte bereits aufgelegt. Leroux seufzte ergeben. Noch nie hatten diese Unterredungen etwas anderes gebracht als unwillkommene Unterbrechungen seiner Arbeit. Fast immer ging es darum, noch mehr Vorschriften zu beachten, noch mehr zu dokumentieren, noch mehr nach oben zu berichten. Es hing ihm zum Halse heraus und damit stand er nicht allein. Aber es nützte ihm jetzt nichts, sich darüber aufzuregen, er konnte den Fängen des Generals nicht entgehen. Ergeben schloss er sein Büro ab, setzte sich ins Auto und fuhr nach Montpellier. Er hatte Glück und erreichte den Parkplatz vor dem Justizpalast bereits nach fünfunddreißig Minuten. Betont langsam schritt er die Stufen empor und kam fünf Minuten zu früh zum Büro des Generals. Mathieu begrüßte ihn steif, gab ihm keine Hand und bat ihn, sich zu setzen. Nach endlosen fünfundvierzig Minuten Langeweile hatte er es hinter sich gebracht. Mit einem resignierten Blick zum Himmel schloss er leise die schwere Eichentür des Chefbüros hinter sich und beeilte sich, lautlos zu verschwinden. Oft war es schon vorgekommen, dass dem General noch etwas eingefallen war und er ihn wieder zurückgerufen hatte. Als er ohne Hindernisse sein Auto aufschließen konnte, ließ er sich laut ausatmend auf den Sitz fallen. Warum fragten Vorgesetzte niemals die Gendarmen, die sich täglich mit Verbrechen, mit großen und kleinen Kriminellen herumschlugen, welche Vorschriften und Gesetze sie für sinnvoll hielten? Stattdessen schienen sie nichts anderes im Sinn zu haben, als deren Alltag mit noch mehr Papierkram anzufüllen. Leise vor sich hin schimpfend schlug Joseph Leroux den Weg nach Meze ein. „Was hat der General heute erzählt?", rief der Kollege Binoche kumpelhaft grinsend aus dem Nebenzimmer. „Ricdin-Ricdon!", parierte Leroux und freute sich über das blöde Gesicht, das Binoche machte. „Was haben wir denn mit Rumpelstilzchen zu tun?", fragte Binoche verwirrt. „Nichts! Aber wenn ich Dir später berichte, welche Formulare wir in Zukunft auch noch ausfüllen dürfen, sehe ich Dich schon wie Rumpelstilzchen in der Gegend herumspringen." „Ach so. Ich dachte schon, es gebe etwas Ernstes." Binoche drehte sich wieder um und widmete sich seinem Aktenberg.

Endlich konnte Leroux sich wieder um seine eigentliche Arbeit kümmern. Er öffnete die sogenannte Bibliothek am Bildschirm, klickte den Wechseldatenträger G an. In dem Verzeichnis befand sich eine einzige Datei. Sie hieß WB. ‚WB. Wie William Buffo'. Leroux atmete tief durch. Gleich. Gleich würde er wissen, worum es in diesem Fall ging. Er bewegte den Mauszeiger auf die Datei, klickte doppelt und wartete. Als er die Meldung sah, hätte er am liebsten geschrien. „Diese Datei kann nicht geöffnet werden ..... Möchten Sie den Webdienst für die Suche nach dem richtigen Programm verwenden?" Leroux, ohnehin schon vom General genervt, wäre jetzt am liebsten selbst zum Rumpelstilzchen geworden. Er kannte das. Hätte er den Chip an seinem Computer zu Hause lesen wollen, hätte er das passende Programm einfach installiert. Hier im Dienst ging das nicht so einfach. Genehmigung von der zuständigen Computerdienststelle anfordern, warten, warten, warten. Wahrscheinlich waren die Daten auf dem Chip mit der neuesten Version des Anwenderprogramms gespeichert worden und das hatten sie bei der Gendarmerie natürlich nicht. Noch nicht. Wahrscheinlich würde das in einem Jahr aufgespielt. Er wählte Marc's Nummer. Als der sich meldete, hielt er sich nicht mit langen Vorreden auf. „Marc, welche EXCEL-Version habt ihr auf dem Rechner?" „Moment… Ich hab's gleich… Professional 2013. Warum?" „Ich kann die Datei nicht öffnen und bis ich hier eine neue Version habe bin ich alt und grau. Kann ich zu Dir kommen?" „Nimm' den Hubschrauber, ich warte auf Dich", flachste Marc. Leroux zog die SD-Karte mitsamt Adapter aus dem Fach, steckte sie sorgfältig in ein Etui, schaltete den Computer aus und schnappte sich seine Dienstjacke. „Ich muss noch einmal nach Montpellier", erklärte er dem Kollegen Binoche. „Schon wieder zum General?", fragte Binoche verwirrt. „Nein, ich bin beim Staatsanwalt. Wenn etwas Wichtiges passiert, ich bin auf meinem Mobiltelefon zu erreichen. Bis morgen."

Erneut fuhr er heute die gleiche Strecke. Um sich abzuregen, legte er eine CD mit Werken von Brahms und Schubert ein. Die akzentuierte und dynamische Interpretation der Werke brachte ihn auf andere Gedanken. Wie lange musste der Pianist täglich üben, um so etwas hinzulegen. Ob er vielleicht schon mit drei Jahren angefangen hatte, Klavier zu lernen? Joseph war wieder einmal froh, dass es so etwas wie Musik gab und er war so in den Klängen des Scherzos von Brahms vertieft, dass er beim Einbiegen auf die Rue Emile Zola fast mit einem Kleinlaster zusammen gestoßen wäre, der ihm auf der Rue Clapies entgegen kam. Der Fahrer zeigte ihm wütend einen Vogel. „Pardon", rief Joseph ihm hinterher, wohl wissend, dass der Fahrer ihn nicht mehr hören konnte. „Ich sollte besser aufpassen", murmelte er, als er auf Anhieb einen Parkplatz fand. Mit schnellen Schritten ging er auf das flache, zweistöckige Gebäude der Staatsanwaltschaft zu. Marc hatte zum Glück ein Büro im Erdgeschoss, so dass er in kürzester Zeit sein Zimmer betreten konnte. Marc schaute von seinem breiten Schreibtisch auf und winkte Joseph herein. „Marc, du bist wieder einmal meine Rettung", rief Joseph aus. „Ich habe das Programm schon geöffnet, ich brauche nur noch die Speicherkarte." Er rückte einen weiteren Stuhl heran, so dass sie beide bequem auf den großen Bildschirm schauen konnten. Marc nahm die Karte entgegen, steckte sie in den Schacht und nun starrten beide gebannt auf den Monitor. „Bingo! Wir haben es." Vor Josephs begierigen und Marc's aufmerksamen Augen erschienen Fakten; Datumsangaben, Orte, Autotypen, Wertangaben. In einer separaten Spalte mit der Überschrift „Zuwendungen" waren fein säuberlich Eurobeträge aufgeführt. Hinter den Beträgen standen die Namen verschiedener Banken. „Wow!", entfuhr es Marc. „Der hat sauber Buch geführt und das Geld auch noch bei diversen Banken untergebracht. Ganz schön clever." „Zum Glück habe ich die Akte PABUMA gleich mitgebracht", sagte Joseph. „Ja, und ich weiß, was du mich jetzt fragen willst. PABUMA steht für Parsley, Buffo und Magerbeck. Jetzt müssen wir nur noch die Liste mit den als gestohlen gemeldeten Oldtimern vergleichen." Joseph las aus der Liste vor, Marc verglich und nickte. Sie waren alle aufgeführt. Der Porsche 911 aus Stuttgart, der andere Porsche aus La Louvierre, der 959er aus Radolfzell, der Ferrari aus Paris und sogar der Mercedes von 1955 aus Marseille. Alle zusammen hätten bei einem normalen Verkauf über dreieinhalb Millionen Euro eingebracht. Auch das hatte Parsley festgehalten. Anhand der Tabelle sahen sie, dass der Verkauf der Luxuskarossen auf dem Schwarzmarkt etwas mehr als die Hälfte eingebracht hatte. „Schau einmal! Für die ersten drei Geschäfte hat Parsley offensichtlich ‚Zuwendungen' von Buffo in Höhe von hunderttausend Euro erhalten und ‚verbucht'. Bei den letzten beiden scheint er leer ausgegangen zu sein, denn dort steht n.o. Soll das ‚noch offen' heißen oder englisch ‚no' für nicht?" Marc schüttelte den Kopf. „Das können wir nur raten." „Es geht noch weiter", sagte Joseph. „Parsley hat offenbar auch gewusst, wohin die Fahrzeuge verkauft worden sind." Er deutete auf die nächste Spalte. Dort war unter anderem Breslau erwähnt, daneben tauchten Warschau, St. Petersburg und Kiew auf. „Glaubst du, dass William Buffo das alles alleine bewerkstelligt hat?" Joseph schaute Marc zweifelnd an. Der notierte die Frage auf einem großen weißen Blatt. „Das werden wir erst wissen, wenn wir Buffo in die Mangel genommen haben", sagte Joseph und klappte die Akte Pabuma zu. Marc gab ihm den Microchip zurück und fuhr seinen Computer herunter. „Sollen wir im Les Salin noch einen Ballon Rouge trinken?", schlug Marc vor. „Das machen wir. Allerdings werde ich mit einem Mineralwasser vorlieb nehmen müssen. Ich muss vorsichtig sein, denn ich wäre vorhin schon fast mit einem Wagen zusammen gestoßen."

„Gut, dann werde ich Dich unterstützen und mich ebenfalls mit einem Wasser begnügen.“ Gemessenen Schrittes gingen sie die Rue Emile Zola entlang, bis sie die Bar Brasserie am Ende der Straße erreichten. Jetzt musste ihnen nur noch William Buffo ins Netz gehen.

Montag

Am nächsten Morgen beeilte sich Leroux, in sein Büro zu kommen und hoffte inständig, dass die beiden Gendarmen Philibert und Dumont den richtigen Riecher gehabt hatten und Buffo in die Auberge zurückgekehrt war. Noch lagen ihm keine Erfolgsmeldungen vor und so musste er wohl oder übel Akten abarbeiten. Kurz vor elf Uhr hatte das Warten endlich ein Ende. Es war Philibert, der Joseph Leroux die frohe Botschaft verkündete. „Wir sind auf dem Weg zu Ihnen", meldete sich Philibert am Telefon. „Und wir haben den Fisch im Netz", fügte er hinzu. „Wunderbar", sagte der Lieutenant. „Beeilen Sie sich, ich kann es kaum erwarten, Buffo auf den Zahn zu fühlen." „Wir tun unser Bestes", gab Philibert fröhlich zurück. „In spätestens fünfzehn Minuten servieren wir ihn mit Messer und Gabel", fügte er schelmisch hinzu. „Na, na. Ein bisschen mehr Respekt", tadelte ihn Leroux, aber man merkte ihm an, dass er es nicht ganz ernst meinte. Gut gelaunt legte er den Hörer auf und biss er in sein Sacristains. Er achtete darauf, dass die Krümel nicht auf den Schreibtisch fielen, fing sie sorgfältig mit der Tüte auf und entsorgte sie anschließend im Papierkorb. Dann stellte er sich an das Fenster, von dem er aus die Straße beobachten konnte. Sie mussten von rechts kommen. Er schaute auf die Uhr. Noch fünf Minuten. Das Telefon läutete erneut. Es war Beatrice Pelzer, die sich erkundigte, ob es etwas Neues in dem Fall gebe. „Ich kann Ihnen nichts Genaues verraten, aber wir sind kurz davor, den Fall zu lösen." Beatrice Pelzer seufzte vernehmlich. „Dürfen Sie mir Bescheid geben?", fragte sie höflich.

„Auf jeden Fall. Aber, ich kann im Augenblick nicht mehr sagen. Entschuldigen Sie mich.“

Er ging wieder zum Fenster. Die fünf Minuten waren längst vorbei. Er bestaunte einen riesigen Schwertransporter, der eine stattliche Yacht geladen hatte. Der Fahrer lenkte den Transporter vorsichtig und mit sehr niedriger Geschwindigkeit durch den Kreisverkehr. Wo blieben nur Philibert und Dumont? Joseph Leroux konnte nur sehr schwer mit Verspätungen umgehen, nicht nur im Dienst. Seine Freunde hatten mittlerweile alle mitbekommen, dass Joseph es auf den Tod nicht leiden konnte, wenn sie ihn warten ließen. „Könnt ihr mich nicht verstehen?“, hatte er ihnen einmal erklärt. „Wenn ich weiß, dass jemand um zehn Uhr kommen will, bin ich um drei Minuten vor zehn Uhr bereit für ihn oder sie, ich gehe dann nicht noch einmal in den Keller und schraube einen Schrank zusammen oder installiere ein neues Programm. Ich kann nicht anders, ich warte und werde immer ungeduldiger, weil ich mich auf nichts anderes konzentrieren kann.“ „Du hattest bestimmt einen deutschen Urgroßvater“, hatte ihm einer der Freunde einmal lapidar an den Kopf geworfen. Auch jetzt war er die Warterei gründlich leid. Er schnappte sich das Telefon und rief Philibert auf dem Handy an. „Wo bleibt ihr denn?“ Seine Stimme zitterte. Aus dem Hörer kam ein gequältes Stammeln. „Er ist uns entwischt. Wir suchen ihn gerade.“ „Das gibt es doch gar nicht!“ Jetzt hätte Leroux am liebsten gebrüllt, aber er beherrschte sich. „Wo seid ihr?“ „Zwischen Montagnac und Méze, kurz hinter dem Hotel auf der linken Seite.“ „Ich komme sofort und bringe Verstärkung mit.“

Als er aufgelegt hatte, knallte Leroux trotzdem mit der Faust auf den Tisch. Schnell sagte er den Kollegen Bescheid und trommelte in Windeseile zehn Gendarmen zusammen, die als Verstärkung aus Pezenas anrückten. Er sprang in seinen alten Peugot und fuhr los, als sei der Teufel höchstpersönlich hinter ihm her. Er wusste in etwa, wo Philibert und Dumont steckten. Oben auf dem leichten Hügel entdeckte er den Polizeiwagen. Die Kollegen aus Pezenas trafen fast zeitgleich ein. Dumont informierte ihn. „Der ist abgehauen, als vor uns ein Schwertransporter angehalten hat. Der Fahrer fragte uns nach dem Weg, das hat Buffo genutzt, um aus dem Auto zu springen und sich in die Büsche zu schlagen. Aber weit kann er nicht gekommen sein." Dumont wirkte kleinlaut. Schnell wies Leroux die anderen Gendarmen an, wie sie das mit niedrigen Büschen und Bäumen bestandene Gelände systematisch absuchen sollten. „Vielleicht hat er sich irgendwo auf einen Hochsitz geflüchtet?", mutmaßte Leroux.

Zwanzig Minuten später schleppten zwei Beamte einen erschöpften William Buffo an. Mit eisernem Griff hatten sie ihn links und rechts untergehakt. Seine hellgrauen Haare standen wirr zu allen Seiten ab, unter den Augen zeugten tiefe Ringe von mangelndem Schlaf. An seinen Augen las Leroux ab, dass er jegliche Gedanken an eine erneute Flucht aufgegeben hatte. „Schön, dass Sie mitkommen", konnte sich Leroux nicht verkneifen zu sagen. William Buffo sah ihn nur müde an, sagte aber nichts. Er leistete keinen Widerstand, als ein Gendarm ihn beim Einsteigen in den Polizeiwagen drückte. Auf der Wache wurde er direkt in den Verhörraum geführt, bekam ein

Glas Wasser, aber von den Handschellen wurde er nicht befreit.

Nun hatte Leroux endlich die Gelegenheit, von Philibert und Dumont zu erfahren, wie und wo sie Buffo aufgegabelt hatten. „Eigentlich ganz normal. Wir haben eine Nachtschicht vor der Auberge Val Mourèze eingelegt und gewartet. Heute Morgen kurz vor sieben Uhr kam der Monsieur mit einem roten Jaguar XJ vorgefahren und hatte es eilig, in die Auberge zu kommen. Wir sind ihm gefolgt." Dumont ergänzte: „Seine Zimmernummer haben wir gestern Abend schon von der freundlichen Madame Xavier erfahren. So konnten wir ihn direkt in seinem Zimmer festnehmen. Er wollte offenbar sofort abreisen, denn er war gerade dabei, alle seine Sachen ungeordnet in eine große Reisetasche zu stopfen." „Erst wollte er aufmucken, aber wir haben ihm eine klare Ansage erteilt. Naja, danach ist uns leider diese Panne unterlaufen." Beide blickten leicht verlegen auf den Boden. „Kann vorkommen", sagte Leroux nach einer Kunstpause. „Werden Sie unseren Vorgesetzten informieren?", fragte Philibert zögernd. „Darüber werde ich noch nachdenken", sagte Leroux leise, aber seine Haltung verriet, dass er es nicht tun würde.

Bevor er zu William Buffo in den Vernehmungsraum eilte, reichte ihm der Kollege Binoche eine ausgedruckte Mail. Der Jaguar war vor zwei Tagen in Marseille als gestohlen gemeldet worden. ‚Na toll‘, dachte Leroux, ‚da habe ich gleich den richtigen Aufhänger‘. Anders als beim letzten Mal strahlte William Buffo keine Größe aus, im Gegenteil, diesmal schien er geschrumpft zu sein. Er hatte die Augen fast geschlossen und tat so, als würde er jeden

Augenblick einschlafen. Leroux setzte sich ihm gegenüber an den Tisch und sagte zunächst gar nichts. Stattdessen blätterte er geräuschvoll in den Akten und legte dann die Micro-SD-Karte so hin, dass sie Buffo ins Auge fallen musste. Das tat sie. Mit einem Schlag schien er hellwach. Ein Zucken lief um seine Mundwinkel und er seufzte vernehmlich. Der Lieutenant ließ sich noch mehr Zeit und beobachtete Buffo heimlich aus den Augenwinkeln. Er tat so, als lese er sich die Schriftstücke noch einmal gründlich durch. Buffo wurde nervös. Mit flackerndem Blick auf den Micro-Chip brach es plötzlich aus ihm heraus: „Wo haben Sie den gefunden?" Leroux sah ihn bewusst lange an. „In Parsley's Wohnung in Marseille", sagte er schließlich. „Dann wissen Sie jetzt alles?" „Alles?", wiederholte Leroux und blickte Buffo fest in die Augen, bis der dem Blick nicht länger standhielt. „Parsley hat mich wegen der Autogeschichten erpresst." „Woher wissen Sie, dass wir auf dem Chip etwas über Ihre Autogeschichten gefunden haben?" „Er hat mir damit gedroht. Er sagte, er habe alles über meine Aktivitäten auf einem Micro-Chip gespeichert." „Aber woher wusste er von Ihren Aktivitäten? War er früher Ihr Kompagnon? Hat jemand anderes ihn informiert? Irgendwie muss er doch an diese ganzen Daten gekommen sein?" Aufmerksam wartete Leroux darauf, was Buffo sagen würde. Buffo druckste herum, knetete nervös seine Hände, schließlich holte er tief Luft und sagte: „Anfänglich dachte ich, er mache Witze. Ich konnte mir nicht vorstellen, woher er so genau wusste, wie ich an die Fahrzeuge gelangt war und für wie viel Zaster ich sie verscherbelt hatte. Aber dann hielt er nach jedem Deal die Hand auf und verlangte 30 Prozent von meinem Gewinn." „Eine ganz hübsche Summe für's Nichtstun", bemerkte Leroux. Buffo nickte heftig. „Mir war klar, dass mich jemand bespitzelt haben musste, aber ich kam erst sehr spät darauf." Bedauernd presste Buffo die Lippen aufeinander. Zwischen seiner Stirn bildete sich eine Zornesfalte. „Dieser verdammt Schuft", zischte er leise. „Wer bitte ist der Schuft?", hakte Leroux sofort nach. „Alain!" „Hätten Sie die Güte, mir ein bisschen mehr von diesem Schuft Alain zu erzählen?" „Alain Baron. Er war", Buffo zögerte. „Er war ein… ein guter Freund, mehr nicht. Aber er wollte mehr als nur ein guter Freund für mich sein. Immer rannte er hinter mir her, wollte alles von mir wissen, drängte sich mir auf, war von morgens bis abends zur Stelle. Irgendwann habe ich ihm deutlich gesagt, dass er nie mein Geliebter werden würde, schon gar nicht der einzige. Zu dem Zeitpunkt muss er beschlossen haben, sich empfindlich an mir zu rächen." Buffo sackte in sich zusammen und schloss die Augen. „Und weil Parsley den Hals nicht vollkriegen konnte, haben Sie ihn umgebracht!" „Nein, zum Teufel auch. Es war ein Unfall. Woher sollte ich denn wissen, dass er so heftig auf die K.O.-Tropfen reagiert!" Mit einem Schlag kam wieder Leben in Buffo. Er richtete sich auf und funkelte Leroux hasserfüllt an. „Sie wussten nicht, dass er regelmäßig Herzmedikamente und bei Bedarf auch Viagra zu sich nahm?" „Natürlich nicht! Woher denn auch?" Lieutenant Leroux sagte wieder nichts, durchbohrte William Buffo aber mit wissendem Blick. Buffo fuhr sich durch die Haare. „Ich wollte…". Er brach ab, schwieg, dachte nach. „Ich wollte ihn für kurze Zeit ausschalten, damit ich in Ruhe nach dem Chip suchen konnte. Ich wollte genau wissen, was er noch alles gespeichert hatte und ihm den Chip entwenden. Aber dann lief er plötzlich blau an, schnappte nach

Luft und sackte in sich zusammen." „Sie haben ihm Gamma-Hydroxybuttersäure verabreicht, stimmt das?" Buffo nickte stumm. „Aber nicht in Rotwein!", behauptete Lieutenant Leroux. Buffo schüttelte verzagt den Kopf. Er war jetzt ganz der reuige Sünder, der seine Missetaten beichtet. „Ich habe sie ihm in einen Gin-Tonic geschüttet". „Und das hat Parsley nicht mitbekommen? In seiner eigenen Wohnung, ich meine, in der von ihm gemieteten Wohnung natürlich." „Ich bat ihn, den Drink mit ein paar frischen Zitronenscheiben aufzupeppen. Während er in die Küche ging, habe ich es getan." „Waren Sie bei der Dosierung eventuell etwas zu großzügig?" „Schon möglich", gab Buffo zu. „Ich war nervös. Es musste schnell gehen. Ich habe nicht genau mitgezählt." „Aber Sie waren doch vorher schon mit Parsley in dem Häuschen am Pitsch and Putt-Gelände?" Wieder nickte Buffo zerknirscht. „Ja, wir waren in der Dämmerung dort und haben uns ein bisschen vergnügt." Leroux runzelte die Stirn. „Vergnügt, sagten Sie?" Buffo druckste verlegen herum. „Ja, wir hatten eine kurze, ehem", Buffo räusperte sich, „sexuelle Begegnung." „Mit einem Mann, der Sie erpresst hat? Das verstehe ich nicht!" „Adam und ich, es gab schon einmal freundschaftlichere Zeiten. Außerdem, es gibt auch bei Homosexuellen Abhängigkeiten." „Naja", Leroux ließ es dabei bewenden. „Und davor oder danach haben Sie einen Rotwein getrunken?" Auch das gab Buffo zu. „Und da haben Sie schon die Fingerabdrücke abgewischt?" „Ja. Warum weiß ich allerdings nicht mehr." „Ich soll Ihnen jetzt glauben, dass Sie nicht schon an dieser Stelle die Absicht hatten, Parsley umzubringen?" Buffo wirkte ehrlich verzweifelt. „Nein! Ich wollte ihn nicht töten." Unbeirrt fuhr Leroux fort. „Wenn Sie sagen, dass es ein Unfall war, warum haben Sie nicht sofort einen Arzt alarmiert, als Sie merkten, was das GHB mit Parsley angerichtet hat?" „Ich war völlig überfordert. Ich hatte nicht mit seiner heftigen Reaktion gerechnet. Ich wollte ihn wirklich nicht umbringen." „Sie wissen, dass das nicht nur unterlassene Hilfeleistung war, sondern auch als fahrlässige Tötung gilt?" Buffo schwieg. „Was haben Sie mit Parsley gemacht, als Sie merkten, dass er tot war?" Buffo vergrub sein Gesicht in den Händen. Als er wieder aufblickte, schien er aus weiter Ferne wieder in die Wirklichkeit zurückzukehren. Er holte tief Luft, stöhnte und rang sich durch, um zu berichten, was weiter passiert war. „Ich bekam Panik. Irgendwo im Hof war mir ein Bollerwagen aufgefallen. Den habe ich geholt, Parsley darauf gelegt und ihn möglichst weit weg gebracht." „Warum solche Umstände? Sie hätten ihn leicht wegtragen können!" William Buffo schüttelte sich. „Oh Gott nein, das hätte ich nicht fertig gebracht." „Aber ihn dort ablegen, wo Wildschweine ihn jederzeit endgültig hätten beseitigen können, das machte Ihnen nichts aus?" Lieutenant Leroux provozierte Buffo. Er wusste genau, dass Wildschweine das in den seltensten Fällen taten. Aber er wollte sicher gehen, dass es sich hier um einen tragischen Unglücksfall und nicht um vorsätzlichen Mord handelte. Buffo bäumte sich auf. „Daran habe ich keine Sekunde gedacht. Ich wüsste nicht einmal, welches Getier sich in dieser Gegend aufhält." „Aber Sie haben sich schon die Zeit genommen, um alle Fingerabdrücke zu entfernen und auch die persönlichen Papiere von Adam Parsley verschwinden zu lassen." Der Beschuldigte sackte wieder in sich zusammen. „Ich wollte Zeit gewinnen. Jedermann hielt ihn für Jerome Magerbeck. Bis jemand die Täuschung entdecken würde, hätte ich einen Vorsprung. Außerdem hatte ich gehofft, ich könnte mir einen Teil des erpressten Geldes zurückholen. Parsley kannte keine Gnade. Ich hatte selbst gewisse, sagen wir einmal, Unkosten, aber Parsley interessierte das nicht. Er drohte mir mehr als einmal damit, alle meine Tätigkeiten der englischen Polizei mitzuteilen. Damit wäre er fein raus gewesen, denn er konnte sich jederzeit in seiner Wohnung in Marseille verstecken." „Sie wissen, dass Sie auch für die Behinderung der Ermittlungen belangt werden können!" Leroux sagte es mehr als Feststellung denn als Frage. „Nun, kommen wir auf die gestohlenen Fahrzeuge zurück. Haben Sie die alle selbst geklaut?" Buffo starrte ihn wortlos an. „Na! Packen Sie aus. In den Knast wandern Sie ohnehin. Ich vermute, mindestens für acht bis zehn Jahre. Also können Sie mir auch verraten, mit wem Sie zusammen gearbeitet haben. Wer hat Ihnen bei den Diebstählen geholfen, wo wurden die Fahrzeugpapiere gefälscht, denn ohne den Fahrzeugschein nützt Ihnen der schickste Oldtimer nichts." Leroux wartete, aber Buffo ließ sich zu keiner weiteren Aussage mehr bewegen. Er weigerte sich bis zum Dienstschluss, auf Fragen nach den Hintermännern einzugehen. Er schwieg sich über die Käufer aus, er gab keinerlei Geheimnis frei und ließ sich wortlos in die Haftzelle führen. Auch als Buffo in das Les Baumettes im neunten Arrondissement von Marseille verlegt wurde, schwieg er.

Wochen später

Für Joseph Leroux kehrte der Alltag wieder ein. Normale Dienstzeiten, er konnte endlich die liegen gebliebenen Arbeiten erledigen, morgens eine Runde joggen und ausgiebige Gespräche mit Helene führen. Er hatte das volle Schuldeingeständnis von William Buffo auf Band aufgezeichnet und dem Staatsanwalt die komplette Akte PABUMA übergeben. Ihm fiel ein, dass er den Pelzers versprochen hatte, Bescheid zu geben. Er wählte deren Telefonnummer und bekam Bernard an den Apparat. „Dann haben Sie jetzt Zeit für einen ausgiebigen Umtrunk", rief Bernard erleichtert aus. „Was halten Sie davon, wenn wir Sie und ihre Gattin einladen. Hätten Sie am Samstagabend Zeit und Lust, bei uns im Restaurant vorbei zu schauen? Vielleicht dürfen Sie uns dann gewisse Einzelheiten verraten." Joseph Leroux fand keinen Grund, diese Einladung abzulehnen. Ein eventuelles Essen würde er selbstverständlich selbst zahlen. Das Letzte, was er sich irgendwann vorwerfen lassen wollte, war Bestechlichkeit. „Vorausgesetzt, Helene hat keine Chorprobe, würden wir bestimmt gerne kommen", sagte er. „Sagen wir gegen zwanzig Uhr?" „Zwanzig Uhr wäre eine gute Zeit, um den Fall endgültig abzuschließen. Ich gebe Ihnen Bescheid." „A bientôt." „Bis dann", verabschiedete sich Joseph Leroux.

„Wir werden das L'Amelie einer Grundreinigung unterziehen müssen", sagte Bernard nachdenklich zu Beatrice. „Aber danach steht es endlich wieder unseren Gästen zur Verfügung." „Gut, dass du den Lieutenant eingeladen hast", sagte Beatrice fröhlich und gab ihrem Mann einen Kuss mitten auf den Mund.

Am Abend wehte ein laues Lüftchen, das Wasser im Pool war noch angenehm warm, so dass zwei unentwegte Schwimmerinnen ihre letzten Bahnen zogen. Die Tische im vorgelagerten Wintergarten waren mit Kerzen und frischen Blumen dekoriert, aus dem Lautsprecher der Musikanlage klang die eindringliche Stimme von Paolo Conte. „À votre santé", sagte Bernard zu seinen Gästen und erhob sein Glas. Beatrice, Joseph Leroux und Helene stießen mit ihren Gläsern an und stellten einmütig fest, dass es an diesem Abend etwas zu feiern gab. „Eigentlich schade", meinte Beatrice. „Aber im Grunde hoffen wir alle, dass wir uns sobald nicht wieder sehen. Jedenfalls nicht, wenn es um solch schaurige Geschichten geht."
„Tja, ich würde auch lieber Verkehrssünder überführen", gestand Leroux freimütig. Josephine stellte ihnen eine Platte mit Vorspeisen hin und wünschte einen guten Appetit. „Oh bitte! Das können wir nicht annehmen", beeilte sich Joseph zu sagen. „Smoke on the water"..... Irritiert zog Leroux sein Mobilphon aus der Tasche, schaute auf das Display und entschuldigte sich für einen Augenblick. Er stand auf, stellte sich ein wenig abseits und nahm den Anruf entgegen.
Blass kam er zurück an den Tisch. „Liebling, was ist passiert?", fragte Helene, die seinem Gesicht ansah, dass etwas nicht stimmte. „William Buffo hat sich in seiner Zelle erhängt!" Eine feine Blässe überzog die Nasenspitze von Joseph Leroux und seine Hände zitterten leicht. „Das ist ja furchtbar." „Wie schrecklich." „Solch ein Ende." Alle riefen durcheinander. Auch die übrigen Gäste kamen an ihren Tisch und wollten wissen, was passiert sei.

Helene legte fürsorglich einen Arm um ihren Mann. „Weißt du was?", flüsterte sie ihm ins Ohr. „Ich bin zwar nachtblind, aber heute Abend fahre ich. Du hast ein bisschen Entspannung bitter nötig. Genieße den leckeren Rotwein, den Spätsommer und die angenehme Gesellschaft." „Du bist ein Schatz", flüsterte Joseph zurück.

176

Danksagung

Ich danke....

Jan Huda für sein geneigtes Ohr und seinen logischen Verstand,

Dr. Elisabeth Bissinger für ihren fachlichen Rat bezüglich der Wechselwirkung von GHB mit anderen Medikamenten,

Lesley King für den Bericht über den französischen Klempner und für ihre Beratung bezüglich der englischen Grammatik,

Udo Mann für den Hinweis auf den Handel mit luxuriösen Oldtimern,

Frau Loch für die erste Aufklärung über das französische Rechtssystem,

Susanne Hoeke für das erste „Fremd-Lesen",

Anna J. für Details über Breslau

und natürlich meiner geduldigen Lektorin Hanna Kröger-Bidlo.

FSC
www.fsc.org
MIX
Papier aus ver-
antwortungsvollen
Quellen
Paper from
responsible sources
FSC® C105338